UNE RIVIÈRE VERTE ET SILENCIEUSE

Hubert Mingarelli occupe une place à part parmi les jeunes romanciers français, notamment depuis le succès de son roman *Une rivière verte et silencieuse.* Il a reçu le prix Médicis en 2003 pour son roman *Quatre Soldats.* Il vit aujourd'hui dans un hameau de montagne en Isère.

DU MÊME AUTEUR

Le Secret du funambule
Milan, 1989

Le Bruit du vent
Gallimard Jeunesse, 1991
et « Folio Junior » n° 1284

La Lumière volée
Gallimard Jeunesse, 1993
et « Folio Junior » n° 1234

Le Jour de la cavalerie
Le Seuil Jeunesse, 1995
et « Points » n° P 1053

L'Arbre
Le Seuil Jeunesse, 1996

Vie de sable
Le Seuil Jeunesse, 1998

La Dernière Neige
Le Seuil, 2000
et « Points » n° P 942

La Beauté des loutres
Le Seuil, 2002
et « Points » n° P 1261

Quatre soldats
Prix Médicis, 2003
Le Seuil, 2003
et « Points » n° P 1216

Hommes sans mère
Le Seuil, 2004
et « Points » n° P 1337

Le Voyage d'Eliado
Le Seuil, 2005

Océan pacifique
Le Seuil, 2006

Hubert Mingarelli

UNE RIVIÈRE VERTE ET SILENCIEUSE

ROMAN

Le Serpent à Plumes

TEXTE INTÉGRAL

ISBN 2-02-049066-8
(ISBN 2-02-037297-5, 1re publication)

1

Cette herbe poussait si vite que personne ne jugeait utile de couper une herbe qui aurait repoussé le lendemain. Elle commençait derrière les maisons et, me semblait-il, s'étendait aussi loin que la vue portait depuis le sommet du château d'eau. Mais je ne pouvais pas l'affirmer, car je n'étais jamais monté sur le château d'eau.

C'était une herbe mystérieuse.

Je pouvais marcher une heure sans rencontrer autre chose que ces herbes qui me dépassaient d'un demi-mètre en hauteur, mais laissaient entrer la lumière du soleil, de sorte qu'il n'y avait rien d'effrayant à y marcher, même sur un kilomètre à l'intérieur.

La seule chose vraiment importante à respecter, c'était de marcher lentement afin de casser suffisamment d'herbe, et ainsi de retrouver son chemin. Enfin, je dis ça pour ceux qui un jour auront à traverser de telles étendues d'herbes hautes, car moi je résolus le problème dès les premiers jours. Je me traçai un chemin. Une sorte de tunnel à ciel ouvert. Et que j'étais le seul à emprunter car je n'y ai jamais rencontré personne.

Sauf un jour, c'est vrai, où une ombre traversa mon tunnel à une cinquantaine de mètres devant moi, et disparut. Mais cela se passa si vite que j'en ai déjà tout dit. Cette rencontre tient en une phrase. A cette vitesse on peut même considérer que je n'ai jamais rencontré personne.

C'était une herbe mystérieuse avec un front noir si l'on restait devant, juste à la regarder, sans oser pénétrer à l'intérieur.

Je n'avais aucun repère lorsque je marchais dans mon tunnel. Le sol était plat et les herbes uniformément hautes et vertes. Je tentai une fois de compter mes pas. Je voulais les convertir en mètres, ensuite en centaines de mètres, mais cela s'avéra très vite fastidieux. Dommage, j'aurais bien aimé savoir combien mesurait mon tunnel, et pouvoir dire à tout moment à quelle distance je me trouvais de l'entrée ou du bout.

Aujourd'hui, je pense que mon tunnel mesurait deux kilomètres environ. A cette époque je lui en donnais le double. Mais peut-être mesurait-il bien quatre kilomètres, et qu'aujourd'hui je le divise en deux par principe.

Je n'en sais plus rien à présent.

Mais je sais que je marchais beaucoup. Et c'est à cause du chien noir si j'ai creusé ce tunnel dans les herbes afin de pouvoir continuer à marcher. C'est lui qui m'obligea à m'enfoncer dans ces vastes étendues qui commençaient derrière les dernières maisons, et dont sûrement on ne voyait pas la fin en haut du château d'eau pour peu qu'on ait le courage de monter si haut.

Il m'avait toujours semblé être un bon chien. Il était toujours couché devant l'une ou l'autre des maisons de la rue et levait la tête aux gens qui passaient devant lui, et la reposait sur la route, ou bien se dressait et partait se recoucher un peu plus loin. Je ne savais pas à qui il appartenait. Il était noir et, le plus souvent, il regardait les gens ou dormait la tête posée entres ses pattes. Je le considérais comme un bon chien fatigué aux mouvements de tête machinaux.

Étant donné que je marchais beaucoup, je le croisais souvent. Il n'avait pas, avec moi, un comportement différent d'avec les autres gens.

Ce jour-là, donc, je marchais vers l'usine de compresseurs, et lorsqu'il se leva, je pensai qu'il allait se recoucher un peu plus loin. Il s'approcha de moi, levant son museau en l'air, et je pensai que pour une raison ou une autre, je l'intéressais. Lorsque soudain il se dressa et s'agrippa à ma jambe, j'eus le temps, l'espace de quelques secondes, de dérouler une magnifique histoire d'amitié entre lui et moi. Elle commençait là, sur la route, à cette seconde, et ne finissait que des années plus tard par la mort de l'un d'entre nous. C'était une histoire aussi bien construite que celles que l'on fait dans un rêve, et qui nous semblent avoir duré toute la nuit, et qui en réalité n'ont duré qu'un très court instant.

Notre amitié naquit, puis mourut aussitôt quand le chien noir commença à bouger contre ma jambe d'une façon très mécanique et assez douloureuse. Une sorte de va-et-vient. Je ne pouvais rien faire pour l'en empêcher, ni me mettre à courir parce qu'il était bien accroché à ma jambe, ni lui retirer les pattes parce que j'avais peur de le toucher. Son mouvement de va-et-vient m'étonnait beaucoup. Je ne comprenais pas pourquoi il faisait ça.

Aujourd'hui, bien sûr, je comprends.

C'était le matin. Les hommes qui rentraient de l'usine de compresseurs après leur poste de nuit ne pouvaient pas ne pas nous voir, nous étions au milieu de la route. Cependant ils passaient près de nous avec indifférence en fumant des cigarettes. Peut-être s'imaginaient-ils que c'était mon chien et que j'avais là une drôle de façon de l'élever. Ou alors me prenaient-ils tout simplement pour un gamin vicieux, car eux évidemment comprenaient ce que faisait le chien avec ma jambe.

Aucun d'eux ne vint m'aider.

A présent encore je me demande pourquoi.

Peut-être qu'en sortant de leur poste de nuit ils étaient trop fatigués pour aider qui que ce soit.

Le chien s'agrippait de plus en plus fort. Son va-et-vient ne semblait jamais finir. J'étais effrayé, et soudain je me mis à pleurer.

Presque aussitôt, le chien me lâcha et repartit se recoucher un peu plus loin sur le trottoir. Je restai au milieu de la route, attendant qu'il s'endorme pour m'en aller.

Enfin il s'endormit.

En remontant la rue vers la maison, j'étais certain à ce moment-là que les chiens noirs n'aimaient pas voir les gosses pleurer. Ne m'avait-il pas lâché tout de suite après que je me suis mis à pleurer ?

Lorsque, bien plus tard, je compris ce qui s'était passé, ce que signifiait ce va-et-vient, je fus bien déçu. Elle me plaisait beaucoup, cette idée que les chiens noirs soient sensibles aux malheurs des gosses. Je trouvais cela rassurant.

Je rentrai et allai m'asseoir à côté du rosier grimpant, derrière la maison. Elle était modeste. Quatre murs, un toit à deux pans. Une pièce unique. Les toilettes à l'extérieur au fond de la cour.

Aujourd'hui encore, je ne m'explique pas la présence de notre maison dans cette rue. C'était la rue des contremaîtres et des ingénieurs de l'usine de compresseurs. Ils possédaient de jolies maisons et des jardins tout pimpants. Il y avait une véranda au-dessus des portes d'entrée, et il y avait des poteries sur les murs des vérandas, ou des ficus, ou des plantes grimpantes, il y avait tout le temps plein de choses posées dessus.

Nous, nous avions notre rosier grimpant, mais comme il poussait derrière la maison, il ne pouvait impressionner personne. N'importe quel ficus nain posé sur une véranda était toujours plus beau que notre rosier invisible depuis la rue.

Je massai ma jambe et réfléchis au fait que je ne pouvais plus, désormais, aller marcher autour de l'usine de compresseurs, ni des maisons, ni aller devant le grand magasin Spinelli. Car nul doute qu'un jour ou l'autre le chien aurait de nouveau envie de jouer avec ma jambe. Peut-être même aurait-il envie de jouer avec elle tous les jours.

Je rentrai dans la maison.

Mon père buvait du café devant l'évier. Il était torse nu et ses épaules étaient couvertes de sueur. Il était tourné vers la fenêtre.

– Prions ! me dit-il, en apercevant sans doute mon image dans la fenêtre.

– Déjà ? demandai-je.

– Est-ce que tu as prié pendant que je dormais ?

– Non, répondis-je.

– Alors assieds-toi !

Je m'assis à table. Mon père enfila sa chemise imprimée, s'assit en face de moi, et nous commençâmes à prier.

Je Lui demandai ce qu'Il pensait de ma théorie des chiens noirs sensibles aux malheurs des gosses. S'Il croyait que c'était possible. Puis je Lui demandai s'Il avait une idée de l'endroit où je pouvais aller marcher à présent. Et enfin, suivant le conseil de mon père, je Lui demandai qu'Il me garde en vie. Je Le remerciai, et conclus en Lui souhaitant une bonne journée. Je relevai la tête.

Mon père n'avait pas encore terminé.

J'essayai de comprendre le dessin compliqué de sa chemise. C'étaient des oiseaux exotiques sur un fond de feuilles de palmier. Oiseaux et feuilles étaient indistinctement bleu-vert, ce qui rendait le dessin si compliqué. En faisant bien attention, on s'apercevait au bout d'un moment qu'une feuille de palmier était en réalité un oiseau exotique. Celui qui avait dessiné cette chemise avait cherché à étonner celui qui la regarderait.

Mon père allait bientôt finir de prier. On aurait dit de l'encens, la vapeur qui montait de son bol. Son front était tout ruisselant lorsqu'il releva la tête. Il termina de boire son café en souriant. Il posa son bol, s'alluma une cigarette, reprit son bol et but une toute dernière gorgée.

Son plus grand résultat avec Dieu, c'était le rosier grimpant. Il avait commencé à fleurir le lendemain de la plus longue prière que mon père eût jamais faite. Bien que ce ne fût pas pour le rosier qu'il avait prié, mais pour une place dans un magasin en ville. Il n'avait pas eu cette place. Mais le rosier avait fleuri ce jour-là. Il était magnifique. Couvert de roses d'un tendre orangé, et qui viraient au jaune à mesure que les fleurs s'ouvraient.

Mon père priait en ce moment pour sa multiplication. Car après cette première floraison, il avait eu l'idée de récolter les graines et de les semer. Aujourd'hui, le plancher était recouvert de petits pots en verre remplis de terre, soigneusement alignés par colonnes de dix. Il y avait dix colonnes. Une centaine de pots.

Ainsi disposés, on aurait dit une division d'infanterie d'une armée populaire mal équipée, car les pots étaient dépareillés, et beaucoup étaient ébréchés.

Mon père avait semé une graine par pot. Il comptait qu'un plan sur deux sortirait de terre. Cinquante rosiers grimpants, c'était beaucoup d'argent.

Nous sortions les pots le matin et les rentrions le soir. Entre-temps, vers le milieu de l'après-midi, il fallait les déplacer afin qu'ils soient toujours au soleil. Nous les arrosions le matin et le soir.

Lorsqu'il pleuvait, nous étendions une bâche, parce que selon mon père trop d'eau risquait de faire pourrir les graines.

Cent pots à déplacer trois fois par jour, c'est beaucoup de travail. Surtout quand il faut chaque fois les aligner parfaitement.

Ce besoin de ranger les pots toujours de la même manière, par colonnes de dix, et toujours au même endroit sur le plancher ou dans la cour, avait beaucoup d'importance aux yeux de mon père. En faisant cela, on aurait dit qu'il essayait de Lui faciliter les choses. Voilà : il demandait Son aide, il Le priait de poser Ses yeux sur ses plantations et, grâce à cet ordre absolu des pots, Il n'avait qu'à poser Son regard au même endroit que la veille et sur une même surface.

Mais ce qui me troublait toujours lorsqu'il avait fini

de prier, c'était ce curieux sourire qu'il avait. Je suis sûr, aujourd'hui, que prier n'était pour lui, en réalité, qu'une façon ironique d'invoquer la chance, et rien de plus.

Moi, à cette époque, je croyais sincèrement, et mon plus grand résultat, avec Lui, c'était d'être toujours en vie.

– Tu as déjeuné ? me demanda mon père.

– Oui.

Il se leva pour aller poser son bol dans l'évier.

– On va sortir les pots ? demandai-je.

– Je termine ma cigarette et on les sort.

Il rinça son bol, termina sa cigarette et on sortit les pots dans la cour.

La journée passa lentement à la maison et j'eus le temps de penser mille fois au chien noir. Je marchai toute la journée dans la cour en pensant à lui.

Le soir, je Lui demandai de nouveau son avis à propos de ma théorie sur les chiens noirs. Puis qu'Il me propose un nouvel endroit où aller marcher.

En me réveillant le lendemain, j'étais toujours en vie. Je Le remerciai pour ça. Ensuite j'essayai de me souvenir de mes rêves. Il me semblait que lorsqu'Il voudrait me dire quelque chose, un jour, ce serait par l'intermédiaire de mes rêves. Je compris vite qu'Il n'avait rien trouvé, qu'Il n'avait pas l'idée d'un nouvel endroit où je pouvais aller marcher et qu'Il ne s'était pas intéressé à ma théorie.

Un jour, voilà ce qu'Il a fait, me dis-je, Il a posé cette ville et l'usine de compresseurs au milieu de cette vaste étendue d'herbes hautes, puis, bien des années plus tard, Il a fait fleurir le rosier de mon père au lieu de lui donner cette place au magasin.

Voilà tout ce qu'Il a fait.

Et le château d'eau ?

Le château d'eau, non. Personne n'aurait pu me faire croire que c'est Lui qui l'avait construit. Pour la raison qu'on l'avait construit sous mes yeux. Je m'en souvenais très bien. Les ouvriers avaient commencé à construire un échafaudage plus haut et d'une plus grande circonférence que le futur château d'eau lui-même. Tout en poteaux de bois, bien qu'il n'y ait pas d'arbres dans notre région. On aurait dit un moule de château d'eau. On aurait dit aussi l'exemple loufoque d'une forêt. Les ouvriers y grimpaient en portant des outils et des briques. Certains ouvriers ne grimpaient jamais. Il semblait y avoir deux équipes. Mon père avait voulu se faire embaucher dans l'équipe qui ne montait pas. Le chef des deux équipes lui avait dit qu'ils étaient au complet.

Pendant un mois, j'avais délaissé l'usine de compresseurs et le grand magasin Spinelli pour venir marcher autour de cette forêt loufoque.

Qu'est-ce que l'équipe qui grimpait pouvait voir de là-haut ? Rien qu'une vaste étendue d'herbe haute, sans aucun doute.

Un jour, un ouvrier de l'équipe qui ne grimpait pas s'approcha de moi.

– Qu'est-ce que tu fais ? me demanda-t-il.

– Je regarde, lui répondis-je.

– C'est beau, non ?

– Oui.

– Est-ce que ce n'est pas ce que tu as jamais vu de plus beau ? me demanda-t-il ensuite.

Je mis un temps infini à réfléchir, et je répondis oui.

– Alors continue de regarder.

Il repartit travailler avec son équipe qui avait peur du vide. J'aurais aimé lui demander si ceux de l'équipe qui montait racontaient à ceux qui restaient en bas ce qu'ils voyaient de là-haut, et lui demander aussi d'où provenaient les poteaux de bois.

Je me retournai vers le lit de mon père. Il se trouvait à droite de la drôle d'armée populaire. Le mien était à gauche.

Mon père contemplait les semis, assis sur le bord de son lit, les pieds par terre. A l'époque où il travaillait à l'usine de compresseurs, il s'asseyait déjà ainsi, les coudes sur les genoux, penché en avant, la chemise ouverte. La seule différence avec cette époque, c'étaient les pots alignés sur le plancher entre nos deux lits. Et aussi, j'allais l'oublier, le réchaud à gaz qui remplaçait notre cuisinière. Mon père l'avait revendue au printemps à un couple qui était venu la chercher à la maison.

Ils dirent qu'ils travaillaient tous les deux à l'usine de compresseurs. La femme demanda pourquoi nous vendions notre cuisinière. Mon père répondit qu'il ne savait pas cuisiner. Ce qui n'était qu'une partie de la vérité. La femme dit en riant qu'elle non plus ne savait pas cuisiner. Elle portait une robe qui lui arrivait au-dessus des genoux. Mon père posa son regard sur ses jambes. Elle baissa un peu la tête. Son mari dit qu'il existait des livres pour cuisiner. Elle rit de nouveau. Il lui demanda ce qui la faisait rire autant. Elle dit qu'elle ne savait pas. Il regarda mon père et haussa les épaules.

Ils payèrent la cuisinière, la chargèrent sur un chariot à deux roues, et s'en allèrent. On entendit le chariot cahoter dans la cour, rouler sur le trottoir et s'éloigner. Mon père s'alluma une cigarette. Il acheta ce réchaud d'occasion le lendemain.

Je ne sais pas quel poste il avait occupé quand il travaillait à l'usine de compresseurs. Sans doute pas en fin de chaîne parmi les testeurs. C'était de loin le poste de travail le moins pénible. Il consistait à brancher un tuyau d'air comprimé sur le compresseur pour vérifier qu'il ne fuyait pas. C'était tout ce qu'il y avait à faire sur ce poste de travail. Les testeurs étaient des privilégiés dans l'usine de compresseurs, et mon père n'en avait jamais fait partie, car autrement il n'aurait jamais quitté l'usine.

Par la suite, il travailla dans les serres d'Angus. Angus avait été testeur à l'usine, puis contremaître, et maintenant il possédait des serres à tomates. Il avait très souvent besoin de mon père pour la récolte et la mise en cageots. Un soir, mon père ramena un énorme cageot de tomates. Mais Angus passa peu après à la maison. On ne s'y attendait pas. Il vit le cageot sur la table. On n'avait pas encore eu le temps de le ranger. Angus enleva sa casquette, secoua la tête avec déception, puis s'en alla, la casquette à la main. Mon père prit vite une cigarette, se l'alluma et rattrapa Angus dehors. Il revint quelques minutes après, l'air sombre. On rangea les tomates en silence. On en mangea chacun une ensuite, la savourant tristement. C'est comme ça qu'il perdit son travail chez Angus. Depuis, il désherbait et tondait les pelouses des contremaîtres et des ingénieurs de l'usine de compresseurs.

Dans son dos, le store à lames de la fenêtre était à moitié ouvert. La lumière du matin entrait dans la maison suivant l'angle des lames, du haut vers le bas. On aurait dit de la vapeur de miel, ou quelque chose d'autre que du miel, pourvu que ce soit doré et sous forme de vapeur.

Mon père ne pouvait pas voir que j'avais les yeux ouverts. Les siens étaient posés sur l'alignement des pots.

Une mouche remontait la vitre.

Elle disparaissait sous chaque lame du store, et par le jeu des ombres des lames sur la vitre, elle semblait toujours un peu en retard au moment de réapparaître. Comme un film auquel il manque une image par seconde, enfin c'est l'impression que j'en ai, aujourd'hui. Car peut-être qu'un film auquel il manquerait une image ne donne pas du tout l'idée d'une mouche passant derrière les lames d'un store aux ombres si compliquées.

C'est assez difficile à décrire cette mouche qui grimpait sur la fenêtre dans la lumière du matin, alors que moi je venais d'ouvrir les yeux après une nuit dont je n'avais aucun souvenir, si ce n'est que j'avais l'impression d'avoir bien dormi. Et soudain je ne sais pas pourquoi j'essaie de décrire cette mouche.

Mon père se frotta les joues. La mouche finit de grimper la fenêtre en provoquant cet effet indescriptible, et s'envola.

– Qu'est-ce que tu fais ? demandai-je.

– Tu es réveillé ?

– Oui.

– Je ne fais rien, me répondit-il alors.

Je coinçai la couverture entre mes jambes.

– Quel genre d'oiseaux as-tu sur ta chemise ?

Il prit un pan et l'étala sur sa cuisse.

– Je sais pas, dit-il. Mais je vois des feuilles de palmier derrière. Tu les vois, toi ?

– Oui, je les vois. Mais les oiseaux ?

– Des espèces d'oiseaux exotiques, on dirait.

– J'ai l'impression aussi.

– Tu as faim ? me demanda-t-il.

Il boutonna sa chemise et se leva. Je me levai aussi et sortis pour aller aux toilettes.

Il faisait beau. Il y avait un filet de vent et une jolie lumière du matin. Le rosier grimpant était vert et jaune orangé, couvert de rosée, tout brillant. J'avais très envie d'aller marcher, mes jambes étaient nerveuses comme l'index d'un tireur d'élite.

Dans les toilettes, je pensai à des oiseaux exotiques. Sur la porte il y avait des taches d'humidité. Pour la première fois je trouvais que la plus grande ressemblait à un oiseau. C'était un oiseau curieux, à une patte, et aux ailes repliées au-dessus de la tête.

On déjeuna. Un œuf à la coque, du lait et du café. Puis vint la prière. Je Lui demandai de poser Ses yeux sur les plantations parce que j'aimais bien, de temps en temps, aider mon père à le Lui demander.

Ensuite on sortit les pots dans la cour, les réalignant avec beaucoup de soin, et à présent vous savez pourquoi nous les alignions avec tout ce soin. Mon père commença à les arroser tandis que je rentrais m'habiller.

En sortant dans la rue, j'espérais qu'Il avait tué le chien noir durant la nuit, mais gentiment, sans le faire souffrir. Si on peut tuer quelqu'un gentiment. Je jure que je ne Lui avais pas demandé de le tuer une seule fois depuis hier. J'y avais pensé, mais je ne le Lui avais pas demandé. J'espérais simplement qu'Il en avait eu l'idée tout seul.

Je ne marchai pas longtemps avec cet espoir.

Je l'aperçus très vite, couché sur la route, entre l'usine de compresseurs et moi. J'entendais au loin le grondement de l'usine et, toutes les dix secondes environ, ce bref chuintement de l'air comprimé que les testeurs envoyaient dans les compresseurs en bout de chaîne. Et si l'on entendait ce chuintement, c'est que le compresseur avait été correctement monté, il était étanche. Mais je ne sais pas quel bruit pouvait faire un compresseur défectueux. Peut-être n'en faisait-il pas, tout simplement.

Je fis demi-tour dans l'ocre poussière de la route que toute la rosée d'un mois de juillet n'aurait pas pu empêcher de se soulever sous vos pas. Et nous n'étions encore qu'au mois de juin.

Pfchh ! pfchh ! pfchh ! faisait de plus en plus faiblement l'usine de compresseurs dans mon dos, tandis que je m'éloignais.

Toutes les dix secondes, un compresseur sortait de l'usine.

Pfchh ! Un silence de dix secondes.

Pfchh ! Un silence de dix secondes.

C'était monotone, et pourtant les testeurs étaient des privilégiés. Chacun des ouvriers de l'usine rêvait d'être l'un d'eux, un jour.

Je remontai la rue jusqu'aux dernières maisons et je sautai l'étroit canal des eaux usées. Je fis quelques pas et m'arrêtai devant ces herbes hautes qui mesuraient environ deux mètres.

Je me retournai. L'usine était dressée au centre et au fond de la perspective des maisons.

Quelle jolie usine de compresseurs ! pensai-je.

Le chien m'oblige à faire de drôles de choses, pensai-je ensuite en tournant soudain le dos à l'usine. Et j'entrai dans cette vaste étendue d'herbes hautes et creusai mon tunnel à ciel ouvert.

Quelques jours suffirent.

Il mesurait deux ou quatre kilomètres. C'est ce qu'il mesura une bonne fois pour toutes. Je ne l'agrandis jamais par la suite. Sa dimension me convint dès les premiers jours. Un aller et retour me permettait de dérouler de longues pensées sans m'interrompre.

Des pensées entre quatre et huit kilomètres.

Cela permet d'aller au fond des choses.

C'était un étroit tunnel. Je n'aurais pas pu, par exemple, lever mes bras sur les côtés, j'aurais touché les parois. Mais l'essentiel était d'avoir une largeur suffisante pour marcher.

Il était tout droit. De l'entrée je ne pouvais pas voir le bout, car deux ou quatre kilomètres c'est beaucoup trop pour voir si loin. Mais j'étais certain que c'était une ligne droite.

Quand le vent soufflait, il ne s'engouffrait jamais dans mon tunnel, je ne sais pas pourquoi. Il passait toujours au-dessus, et décrire le son qu'il produisait sur le sommet des herbes me paraît difficile. Cela fait un peu penser au son que le vent produit sur du linge en train de sécher. Mais ce n'est pas encore ça. On peut s'en rapprocher si l'on s'imagine du linge délicat, en soie, ou encore plus fin que de la soie. Ou plutôt que du linge, des milliers de fils de soie en train de sécher dehors alors que le vent souffle délicatement. J'ai l'impression que c'est ça, en tout cas le plus près que je puisse donner à imaginer.

Le vent sur le sommet des herbes hautes, et une mouche qui remonte la vitre derrière les lames d'un store à moitié ouvert.

Ça n'a aucun rapport. Mais je me souviens si bien de tous les deux. Ils sont si parfaitement indescriptibles tous les deux.

J'allais marcher dans mon tunnel le matin et l'après-midi. Lorsque j'arrivais au bout, je faisais demi-tour sans prendre le temps de me reposer parce que je n'étais pas fatigué et que, très souvent, j'avais une pensée en tête que je n'avais pas encore fini de dérouler.

Une fois, n'ayant pas de pensée particulière à dérouler, j'eus cette idée : arrivé à peu près au milieu du tunnel, je fermai les yeux et tournai sur moi plusieurs fois. Je rouvris les yeux et comme je l'espérais, je ne sus plus du tout dans quel sens me diriger pour sortir, ou bien alors pour aller tout au bout. Je choisis un sens au hasard. Je marchai presque une demi-heure avant de me rendre compte que le hasard m'avait fait prendre la direction de la sortie. Je refis ce jeu plusieurs fois par la suite. Parfois je me retrouvais à la sortie, parfois tout au fond. Le hasard.

Mais au bout de quelques semaines ça n'a plus marché. La lumière à l'intérieur de mon tunnel m'était devenue si familière que je finis par deviner à tout moment où était le soleil, à droite ou à gauche de moi, et par conséquent savoir où se trouvaient le bout et la sortie.

Quelques semaines encore, et j'arrivais à savoir où était le soleil même lorsque le ciel était couvert. J'avais perdu un jeu, mais acquis une science de la direction du soleil dont j'étais fier.

Une seule fois j'y allai marcher le soir. Il faisait nuit lorsque je fis demi-tour au bout. Le vent s'était levé et les fils de soie m'accompagnèrent jusqu'à la sortie. Je n'avais pas peur. Je regardais le ciel étoilé en écartant légèrement les bras, et les herbes me servaient de guide pour marcher droit.

Pas de bruit dans la nuit, sauf les fils de soie et mes pas sur l'herbe morte. Le ciel étoilé était silencieux. Et soudain une étoile filante. Non, ce n'est pas vrai. J'ai dit ça parce que j'aurais aimé en voir une, ce soir-là.

Mon tunnel mesurait quelque chose, et j'étais très heureux de l'avoir creusé. Les premiers jours, je n'oubliais jamais, lorsque je faisais demi-tour tout au bout, de bénir le chien noir qui avait tellement aimé ma jambe.

Les jours. Les jours passaient et je le bénissais de moins en moins. Puis le chien noir mourut.

Mon tunnel ne devait plus rien à personne et j'oubliai tout doucement le chien noir. Aujourd'hui j'ai même oublié comment il est mort.

Mon tunnel n'avait rien d'une échappatoire. J'allais marcher à l'intérieur parce que tout simplement j'aimais beaucoup marcher. Au début, bien sûr, je l'avais creusé pour échapper au chien noir. Mais ça, c'est autre chose.

Les pensées que je déroulais en marchant dans mon

tunnel n'avaient rien de sombres pensées. Il s'agissait de pensées tout à fait ordinaires comme chacun en déroule lorsqu'il marche. Je pouvais aussi marcher sans penser à rien, ce qui veut dire en réalité penser à mille choses sans importance.

2

Il avait plu cette nuit. Maintenant il faisait beau et mon père commença à sortir les pots. Je fis les allers et retours avec lui. Il n'avait pas enfilé sa chemise ce matin parce qu'il faisait bon. Quand la centaine de pots fut alignée dans la cour, on rentra déjeuner.

Après son café, mon père s'alluma une cigarette. Il la fuma en contemplant, par la porte ouverte, les pots alignés dehors. Il se leva pour aller éteindre sa cigarette dans l'évier, et revint s'asseoir en face de moi.

– On s'y met tous les deux ? me demanda-t-il.

– D'accord, répondis-je.

– T'es gentil.

On Lui demanda, en silence et chacun avec ses mots, qu'Il pose Son regard sur les pots, et ce qui s'ensuit. On redressa la tête à peu près au même moment. Mon père souriait. Il s'alluma une autre cigarette.

Il enfila une chemise. Pas celle imprimée d'oiseaux exotiques et de feuilles de palmiers. Non, une chemise aux motifs cette fois complètement illisibles. C'était une chemise abstraite à manches courtes. Toutes mes chemises à moi étaient de couleur unie parce que je les aimais mieux ainsi.

– Tu Lui as souhaité une bonne journée ? me demanda mon père en achevant de fumer sa seconde cigarette, tandis que moi, je m'apprêtais à me lever pour aller marcher dans mon tunnel.

– Oui, répondis-je, j'ai terminé par ça.

Mon père tenait beaucoup à ce que je termine toujours en Lui souhaitant une bonne journée.

– C'est bien, me dit-il.

Alors seulement je me levai et partis marcher dans mon tunnel. C'était la première fois depuis que je l'avais creusé qu'il avait plu pendant la nuit. En écartant les bras je provoquais des averses tièdes. Ma chemise unie était trempée à présent.

Puis l'eau de pluie restée sur les herbes commença à

s'élever en vapeur vers le ciel. Elle était tombée du ciel cette nuit, et voilà qu'elle remontait.

Les trop grosses gouttes n'avaient pas, elles, le temps de se transformer en vapeur, elles tombaient sur le sol.

Beaucoup de bruits d'eau et la vapeur qui montait.

Mon tunnel était très beau quand il avait plu la nuit. Étrange et très beau. Nul besoin de dérouler une pensée. Je m'occupais seulement de regarder devant et de chaque côté de moi, et de tendre l'oreille.

J'atteignis le fond de mon tunnel. Je fis demi-tour. J'étais trempé. Si le soleil avait été à l'aplomb de mon tunnel, j'aurais séché plus vite, mais c'était encore trop tôt dans la matinée.

Les bruits d'eau diminuèrent. Soudain ce fut le silence. Après deux allers et retours, ma chemise finit par sécher, et on aurait dit alors qu'il n'avait pas plu pendant la nuit.

Quand je revins à la maison, vers midi, mon père était très excité. Il m'entraîna dans la cour et me montra de minuscules pousses vertes qui étaient apparues dans certains pots. Elles étaient encore si minuscules que nous ne nous en étions même pas aperçus en sortant les pots, ce matin. Sans doute beaucoup de mauvaises herbes, mais peut-être un rosier pointait-il parmi elles.

Je pris l'un de ces pots et l'emmenai aux toilettes avec moi. Je l'étudiai de près. Je n'avais jamais vu de jeune rosier. De sorte que, s'il y en avait eu un, je n'aurais pas pu faire la différence avec de mauvaises herbes.

Quand je sortis des toilettes, je trouvai mon père accroupi devant les plantations.

– Seigneur ! disait-il en les arrosant délicatement, à l'aide d'une bouteille. Il faisait tomber quelques gouttes sur les bords des pots afin de ne pas abîmer les pousses.

Je posai mon pot parmi les autres. Mon père l'arrosa, et se releva.

– Qu'est-ce que tu en penses ? me demanda-t-il.

– C'est difficile à dire, avouai-je.

– C'est vrai, dit-il, moi non plus je n'arriverais pas à reconnaître un rosier là-dedans, mais ce qui est sûr, c'est que la terre est bonne.

– Oui, dis-je.

L'après-midi je retournai marcher dans les herbes hautes. Quand je revins à la maison, il y avait de l'argent posé sur la table. Mon père avait travaillé dans un jardin. Il revint des toilettes, se dirigea vers l'évier et me montra le plant de quelque chose qui trempait dans un verre posé sur l'évier.

– C'est du lierre, dit-il.

– Grimpant ?

– Je ne sais pas. Mais je suppose que oui. Enfin, entre les deux. Il y avait un massif qui s'étalait et grimpait aussi sur des pierres, alors il doit être à moitié grimpant.

– Qu'est-ce que tu vas en faire ?

– Le laisser dans l'eau, je crois. Il devrait faire des racines. Ensuite je le plante dans un pot et je le vends avec les rosiers, tu comprends ? Je fais des espèces de lots.

Il remit sa chemise dans son pantalon.

– J'y retourne demain, j'ai pas fini. Cette fois j'en ramène une dizaine.

– Ça va se voir.

Il haussa les épaules.

– Faudra trouver des pots, dis-je.

Il peigna ses cheveux en arrière et prit l'argent sur la table.

– Tu aimerais manger de la viande, ce soir ? me demanda-t-il.

– Bien sûr que j'aimerais.

– Quelle sorte de viande ?

– N'importe laquelle.

– Alors je verrai, me dit-il.

Il disparut derrière la porte et réapparut quelques secondes après et me demanda si je voulais bien rentrer les rosiers.

Je répondis oui et sortis derrière lui.

J'arrivais à prendre quatre pots chaque fois. J'alignai très bien les premiers dans la maison. La suite alla toute seule. Je regroupai dans les mêmes rangs ceux des pots où de la végétation était apparue.

J'avais terminé quand mon père rentra des courses avec de la viande et du beurre. Et trois pots de confiture destinés à recevoir les plantations de lierre. Il me montra la viande, c'étaient des côtelettes.

On les fit cuire dans le beurre. Au dessert, on commença un pot de confiture. Il était tard et on se coucha tout de suite après. On fit des calculs dans le noir. Même en envisageant le pire, c'est-à-dire qu'un rosier sur dix seulement sorte de terre, cela faisait quand même beaucoup d'argent.

– Maintenant il y a les lierres en plus, fis-je remarquer.

– Oui, et j'ai pensé qu'on pourrait peut-être en offrir un pour deux rosiers achetés.

Je l'approuvai. Il me souhaita une bonne nuit. Je fermai les yeux.

– Papa !

– Gamin !

– On n'a pas prié, ce soir.

– Tu as raison, mais je vais le faire maintenant. Dors, toi !

– Je peux t'aider si tu veux.

– Non, dors, toi.

– Bonne nuit !

– Bonne nuit !

– Oublie pas de prier pour les lierres !

– J'oublie pas.

Cette nuit je rêvai à une rivière parce que, dans la dernière ville où nous avions habité, il en coulait une qui semblait verte à cause des algues qui poussaient sur le fond. Elle était verte et silencieuse. Des poissons argentés nageaient sur place, face au courant. Ils ondulaient comme les algues.

Je ne me souvenais pas beaucoup de cette ville, mais je me souvenais très bien de la rivière.

Je regrettais beaucoup cette ville à cause de la rivière qui y coulait.

Le lendemain, tandis que nous nous lavions, je m'apprêtais à demander à mon père si la rivière était bien verte et silencieuse comme dans mon souvenir. Mais à cet instant deux hommes apparurent à la porte. L'un des deux portait une caisse à outils. Ils restèrent sur le seuil, immobiles. A contre-jour, ils semblaient tout noirs. On aurait dit qu'ils venaient nous annoncer la mort de quelqu'un. Ils dirent qu'ils venaient couper l'électricité parce qu'on ne l'avait pas payée. Puis ils baissèrent leur regard sur l'alignement des pots. Et alors ils secouèrent la tête, et on aurait dit maintenant qu'ils n'avaient jamais rien vu avant aujourd'hui.

– Du café, les gars ? proposa mon père.

– Non, merci, répondit l'un des deux, celui qui portait la caisse à outils.

Et l'autre, désignant les pots d'un mouvement de tête :

– Qu'est-ce que c'est, ça ?

– Vous voulez savoir ça, les gars ?

Ils répondirent oui pourquoi pas avec la tête.

Mon père prit une cigarette sur la table et se l'alluma. Il se dirigea vers la porte et, en passant entre les deux hommes, leur demanda de venir avec lui. Ils disparurent tous les trois dans la cour.

Moi j'étais toujours devant l'évier. Je n'entendis pas ce qu'il leur dit dehors, mais je savais qu'il leur montrait notre rosier grimpant. Qu'il leur proposait une sorte d'option sur les futurs rosiers, en échange de la facture d'électricité. Pourquoi pas ?

J'attendis qu'ils reviennent en me demandant à combien de rosiers ils allaient estimer notre facture. Je n'en avais aucune idée. Je bus un peu d'eau à l'évier.

Ils revinrent tous les trois. Dans le regard des deux hommes je vis que ça ne les intéressait pas. Ou peut-être que ça les intéressait mais qu'ils n'avaient pas de jardin où planter un rosier.

Mon père resta dans l'encadrement de la porte. Les deux hommes s'approchèrent. Celui qui portait la boîte à outils la posa sur l'évier, et commença à démonter le compteur électrique. J'allai m'asseoir à la table. Mon père vint s'asseoir avec moi.

– Sale boulot, hein, les gars ! dit-il.

– Oui, répondirent-ils presque tous les deux en même temps.

Mon père prit son paquet de cigarettes dans la main et le frappa tout doucement contre la table.

– Quand vous pourrez payer, faudra passer au bureau, dit l'un des deux électriciens.

– Oui, je passerai bientôt, dit mon père, vous en faites pas.

– Nous on s'en fait pas, dit l'un d'eux. Que vous payiez ou que vous payiez pas, pour nous ça revient au même.

– Nous, reprit l'autre, on coupe chez ceux qui paient pas, et on remet chez qui on a déjà coupé et qui ont fini par payer, vous voyez ?

– Je vois, dit mon père, c'est bien organisé.

– Oui, ça marche assez bien.

– Comment vous vous appelez, les gars ? leur demanda mon père.

Ce qui sembla les amuser. Cependant ils ne dirent

pas leur nom. Ils sortirent quelque chose du compteur, une pièce métallique. Après quoi ils refermèrent le compteur et le plombèrent avec un outil que je ne connaissais pas. Ils rangèrent leurs outils et la pièce métallique dans la caisse, et l'un d'eux dit :

– Bon, voilà.

– Merci, dit mon père.

Ce qui les fit sourire.

– Vous voulez quand même pas du café ? redemanda mon père tandis qu'ils traversaient la pièce pour s'en aller.

Ils firent non avec la tête.

– Eh bien alors, allez vous faire foutre, dit mon père calmement.

Ils s'arrêtèrent, se retournèrent, et celui qui avait désigné les pots et demandé ce que c'était en entrant tout à l'heure demanda :

– Quoi ? Qu'est-ce que vous avez dit ?

– Allez vous faire foutre, les gars. Vous êtes sourds ou quoi ?

– Du calme, dit le second électricien, levant une main vers mon père.

Le premier électricien :

– Oui, du calme, maintenant on va s'en aller, on ne veut pas d'histoires.

– Oui, voilà, foutez le camp, dit mon père. Et essayez de boire le café qu'on vous propose la prochaine fois.

C'était sans doute vexant parce que le premier électricien dit :

– Fermez votre gueule !

Maintenant je me rendais compte que c'était le plus nerveux des deux. Il avait un tic sous l'un de ses yeux. Le second électricien posa une main sur son bras pour le calmer.

Mon père prit une cigarette dans le paquet et regarda droit devant lui en souriant. Les deux hommes tournèrent les talons et quittèrent la maison. Mon père cligna des yeux et alluma sa cigarette.

– T'en fais pas, me dit-il.

– Je m'en fais pas, répondis-je.

Il continuait à sourire, mais je voyais bien qu'il ne se sentait pas à l'aise. Je crois que ça aurait été mieux pour lui si je n'avais pas été là pendant qu'on nous coupait l'électricité. Ça aurait été plus facile pour lui. J'essayais de sourire, mais j'avais du mal. Je cherchais quelque chose à dire mais je ne savais pas quoi au juste. Pour rien au monde je ne désirais me tromper dans ce que je m'apprêtais à dire.

– Tu veux de la confiture ? me devança mon père.

– Oui, dis-je dans un souffle.

On finit le pot entamé. Mon père le rinça, le remplit d'eau, y plongea la bouture de lierre, et posa le pot sur l'évier. Il sortit de l'argent de sa poche qu'il étala sur la table. Il y avait deux billets et des pièces. Il chercha quelque chose sous l'évier. Il revint s'asseoir avec une boîte à café vide. Il essuya l'intérieur à l'aide d'un chiffon, prit les billets, une partie des pièces, les mit dans la boîte et referma le couvercle. Il remua la boîte en tous sens et les pièces tintinnabulèrent contre les parois métalliques.

– Ça va aller, dit-il.

– C'est pour l'électricité ? demandai-je.

– Oui, dit-il, et il me passa la boîte.

A mon tour je fis tintinnabuler les pièces. Cela sonnait clair quelquefois. D'autres fois mat, parce que les deux billets amortissaient le bruit métallique des pièces.

On sortit les plantations. Plus que jamais, me semblait-il, il nous fallait les aligner avec soin.

Je demandai à mon père s'il avait encore besoin de moi. Et comme ce fut non, je partis marcher dans mon tunnel.

En sautant le canal des eaux usées, je décidai de ne pas penser une seule fois à l'électricité. Mais je ne cessai pas d'y penser de toute la matinée. J'avais peur que le jour où nous aurions de quoi la payer, les deux hommes refusent de revenir à la maison après ce qui s'était passé. J'essayai de me rassurer en me disant que la compagnie d'électricité enverrait quelqu'un d'autre si ces derniers s'obstinaient à ne pas vouloir revenir.

Mon père n'était pas là quand je rentrai. J'étais curieux de voir l'effet que cela faisait de ne plus avoir l'électricité. Je poussai l'interrupteur. Les deux ampoules de la maison restèrent éteintes. Et l'effet que cela me fit était vraiment étrange. Tout d'abord il me sembla que j'entendais pour la première fois le déclic de l'interrupteur. Ensuite, et là c'est plus compliqué à expliquer, c'était comme si, après avoir appuyé sur l'interrupteur, quelque chose d'essentiel s'était détraqué. Quelque chose d'aussi essentiel et logique, par exemple, que le chaud ou le froid. C'était comme mettre la main sur la plaque rouge d'un four et ne pas sentir la brûlure. Enfin, c'est à peu près ça.

J'allai m'asseoir à table. Regardai l'encadrement de la porte et, plus loin dehors, les pots de rosiers. C'est par la porte que le soleil entrait vers midi.

Des mouches volaient dans l'encadrement. Elles étaient toutes noires dans la lumière brillante du soleil.

Alors seulement je réalisai à quel point l'électricité allait nous manquer. Car, outre les deux ampoules, elle alimentait notre vieil aspirateur qui nous servait à aspirer les mouches. C'est un moyen formidable pour s'en débarrasser. Vous approchez doucement l'embout de la mouche. Et soudain elle disparaît, aspirée. Mais il faut s'en approcher très très doucement, car autrement elle s'envole. Ce n'est pas le bruit de l'aspirateur qui l'alerte, mais le mouvement de l'embout. Je crois que les mouches sont sourdes.

Le pire qu'il puisse arriver, c'est que la mouche se mette à se frotter les pattes à l'instant où vous allez l'aspirer. C'est toujours un moment pathétique de tuer ainsi une mouche tandis qu'elle fait sa toilette. Vous entrez dans son intimité, et tout de suite après vous la tuez. Il s'ensuit toujours un bref remords. Jamais je n'ai aspiré les mouches avec plaisir. Qu'elles se frottent les pattes ou pas. J'ai toujours fait ça parce qu'il le fallait.

Inutile de dire que ce soir-là, la nuit arriva plus vite sans les ampoules.

Je me tournai dans mon lit, fixai intensément le plafond et proposai à mon père de prier pour l'électricité.

– Allons-y ! dit mon père.

Et au bout d'un moment :

– Comment pourrait-on tourner ça ? me demanda-t-il. On Lui demande directement l'électricité ou alors l'argent pour la facture ?

– Je ne sais pas.

– Allons-y pour l'argent alors !

Il faisait nuit. On n'entendait rien. Au bout d'un moment j'annonçai :

– Voilà, j'ai fini.

– Moi aussi, dit mon père.

Je me tournai vers son lit. Je le distinguais encore malgré l'obscurité.

– Tu sais ce que je fais en ce moment ? lui demandai-je.

– Non, gamin, dis-moi.

– Je vais marcher dans les herbes.

– Et ça te plaît ?

– Beaucoup.

– Alors continue à y aller. Mais c'est drôle parce que moi, quand j'étais gosse, j'aimais pas du tout marcher. J'étais tout le contraire de toi de ce côté-là.

– Alors qu'est-ce que tu aimais faire ?

– Pas mal de choses, mais j'ai jamais aimé marcher comme toi.

– Faudrait que tu viennes voir, un jour. Je me suis fait un tunnel dans les herbes.

– Tiens !

– J'aimerais que tu me dises combien il mesure.

– Je viendrai.

Je me remis sur le dos.

– Et je voulais te demander.

– Je t'écoute.

– La rivière avant qu'on vienne habiter ici ?

– Eh bien quoi ?

– Elle était verte, n'est-ce pas ?

– Oui.

– Elle était silencieuse aussi ?

– Très silencieuse.

– Bon, c'est exactement comme ça que je m'en souviens.

– T'as de la mémoire, gamin. Je suis content que tu te rappelles tout cela.

Je fermai les yeux et je dis :

– Il y a autre chose encore.

– Je t'écoute toujours.

– J'aimerais me souvenir qu'on y a pêché tous les deux. Je sais bien qu'on ne l'a jamais fait, mais c'est quelque chose dont j'aimerais me souvenir.

Il ne répondit pas. Il ne dit rien pendant un long moment, et puis :

– Essaie de t'imaginer qu'on y a pêché ensemble.

– Non, répondis-je, il y a beaucoup de choses que j'arrive à m'imaginer, mais ça j'y arriverai pas.

Je l'entendis se redresser dans son lit.

– Et si maintenant je te disais qu'on y a pêché tous les deux, mais que cela remonte à si loin que tu ne peux pas t'en souvenir.

Je ne compris pas ce qu'il voulait dire exactement.

– C'est vrai ? demandai-je, plein d'espoir.

De nouveau il mit du temps pour me répondre.

Pendant ces quelques secondes, on a été tous les deux accroupis devant la rivière silencieuse, lançant des lignes plombées à de gros poissons qui nageaient en ondulant vers nos appâts.

– Non, dit-il avec déception, c'est pas vrai.

– Je le savais, dis-je, mentant à moitié.

– J'ai seulement pêché quand j'étais gosse, dit-il.

– Ça je le savais, dis-je. Des truites bleues.

– Oui, des bleues, Primo. Tu t'en souviens ?

– Oui. Et je me souviens aussi que tu attrapais la plupart à la main.

– T'as de la mémoire, dit-il.

– Oui, j'ai de la mémoire.

– Bonne nuit, gamin.

– Bonne nuit.

Quelques secondes après, il me demanda :

– Il y a autre chose dont tu aimerais te souvenir ?

Je réfléchis dans le noir. Mon père m'y encouragea.

– Prends ton temps, me dit-il au milieu de mon silence.

Je sentais qu'il était très attentif à ce que j'allais dire.

– Non, je ne crois pas que j'aimerais me souvenir d'autre chose, répondis-je finalement.

– Bon, c'est très bien comme ça. Bonne nuit maintenant.

– Bonne nuit.

Les gens prétendaient que mon père était un raté. Ils omettaient de dire qu'il avait attrapé des truites bleues à la main.

Je fermai les yeux.

Une rivière verte et des truites bleues.

3

On acheta des bougies blanches. Quand la nuit tombait, j'en dressais une sur le couvercle d'un pot de confiture en la collant avec sa cire. On se dépêchait de prier pour l'électricité et les plantations.

Ensuite on faisait ce jeu qui consiste à passer la main sur la flamme. A celui qui la laisse le plus longtemps. Je ne me souviens plus qui gagnait le plus souvent, et ça n'a pas d'importance. Nos paumes devenaient noires à force. Mais ça ne faisait pas mal. Le lendemain matin, l'odeur de la bougie flottait encore dans la maison, c'était agréable.

Ou bien cet autre jeu avec la boîte à café : il consistait à la remuer trois fois, et celui de nous deux qui provoquait un bruit mat, grâce aux billets, avait gagné. On y joua plus longtemps qu'avec la bougie.

A présent, une vingtaine de pots étaient couverts de végétation. Un matin, mon père se redressa, s'assit sur le bord du lit et se massa les joues. Derrière lui, le store à lames de la fenêtre diffusait cette jolie lumière qui ressemble à de la vapeur de miel.

Il se leva, choisit un pot au hasard parmi cette vingtaine couverte de pousses vertes, et le posa sur la table. Il commença à retirer les herbes qui ressemblaient le moins à un rosier. Jusqu'à la dernière herbe qu'il retira, car aucune, finalement, ne ressemblait à un rosier. Il poussa le pot, se leva et alla chercher un nouveau pot. Revint et entreprit de le désherber lui aussi. Pas de rosier non plus. Il s'alluma une cigarette. Ses mains tremblaient. Il alla s'asseoir sur son lit et je le suivis du regard.

Il observa longtemps l'alignement des pots.

– On les sort ? demandai-je au bout d'un moment, me dressant sur mon lit.

– Pas encore.

Il se leva, saisit un pot au passage et revint à la table. Il coinça sa cigarette entre ses lèvres et recommença l'opération, encore plus délicatement. Ses doigts hésitaient au-dessus du pot, puis soudain choisissaient une herbe et l'enlevaient. La fumée lui piquait les yeux. Il n'arrêtait pas de les plisser. Ils étaient pleins de larmes.

– Viens me prendre la cigarette.

Je me levai et lui prit la cigarette entre ses lèvres.

– Je l'éteins ?

Il me fit signe que oui. Je l'éteignis dans l'évier.

– Seigneur, gamin ! dit-il soudain tandis que je ramassais mes vêtements.

J'enfilai mon pantalon et me penchai sur la table.

Une pousse pointait, pourvue de deux minuscules feuilles. Tiges et feuilles étaient d'un blanc-vert délicat.

– Ça c'est un rosier, gamin.

J'avançai ma main pour le toucher.

– Non, me dit-il, ne le touche pas.

J'ôtai ma main.

– Oh, Angus ! s'écria-t-il alors avec rage. Angus !

Il leva les yeux au plafond, et furieusement :

– Rien à foutre, Angus !

Cela me surprit. Je ne pensais pas qu'il en voulait encore à Angus. Il posa ses mains à plat sur la table, de part et d'autre du pot.

– Va me chercher de l'eau, me demanda-t-il à voix basse.

J'allai en chercher dans une bouteille. Il arrosa le pot goutte après goutte, posa la bouteille devant lui et contempla son rosier.

– Cette nuit j'ai pensé qu'on pourrait les vendre à la sortie de l'usine, dit-il sans quitter le rosier des yeux.

– Oui, dis-je, m'asseyant en face de lui.

– Tu viendrais avec moi ?

– Bien sûr.

Il tassa délicatement la terre autour de la tige.

On passa un long moment sans rien dire.

Il émanait du rosier quelque chose qui nous calmait et nous rendait silencieux. Si les électriciens avaient choisi ce jour-là pour venir nous couper l'électricité, nul doute que les choses se seraient passées différemment. On ne se serait guère occupés d'eux. Ils seraient venus, auraient démonté le compteur, et seraient repartis dans un grand silence.

Soudain je fus très heureux, parce que j'étais certain que mon père me donnerait l'argent de deux rosiers sur la cinquantaine que nous allions vendre.

A ce moment-là il tourna la tête vers les pots alignés par terre, et dit :

– Je pense qu'on va se spécialiser. On va laisser

tomber les lierres. Je crois que ce sera mieux de s'occuper uniquement des rosiers.

Il y avait déjà une douzaine de lierres qui trempaient dans l'eau, dans les pots de confiture, attendant de prendre racine. J'avais trouvé que c'était une bonne idée, les lierres, et voilà qu'à présent je trouvais que c'était encore une meilleure idée de ne plus les faire et de se spécialiser dans les rosiers.

– Oui, je crois que ça vaut mieux, dis-je.

– On est d'accord, gamin.

J'étais impatient d'aller marcher dans mon tunnel. J'avais, si l'on peut dire, l'argent de deux rosiers à dérouler.

– On sort les pots ? demandai-je.

– Je m'en occupe, Primo. Va marcher, si tu veux.

Je finis de m'habiller. Je sortis de la maison, courus dans la rue et entrai dans mon tunnel.

Voici comment je m'organisai : je pensai à l'argent du premier rosier à l'aller, et à l'argent du second rosier au retour. A ce qu'il était possible de s'acheter avec la vente de l'un et de l'autre. C'étaient des pensées délicieuses. Elles allaient toutes vers le grand magasin Spinelli. Jamais je n'avais possédé autant d'argent. Et c'était magnifique d'y penser là, dans mon tunnel, au milieu de cette herbe mystérieuse.

Assez souvent, j'avais déjà une idée de ce que j'allais m'acheter avec l'argent d'un rosier alors que je n'avais pas encore terminé un aller ou un retour. J'avais beaucoup d'idées.

Au bout de quelques jours j'avais épuisé tout ce qu'il est possible de s'acheter chez Spinelli avec l'argent d'un rosier.

Je décidai d'additionner l'argent des deux, et je réfléchis à un plus gros article.

J'épuisai cela aussi.

Alors, un matin, je m'amusai à acheter mon tunnel ainsi qu'une vingtaine de mètres d'herbe haute de part et d'autre. Pendant un jour ou deux, j'en fus le propriétaire. Je m'aperçus que je le remontais et le descendais avec davantage d'assurance. Plus lentement aussi. Je prenais mon temps. Je m'arrêtais parfois et j'étudiais les herbes. Elles me semblaient plus intéressantes que lorsque je n'étais pas propriétaire du tunnel.

Ensuite j'eus une meilleure idée. Je revendis mon tunnel, et j'achetai le bras d'une rivière. Et les poissons qui allaient avec, et un rocher qui surplombait la rivière. J'installai des clôtures afin de savoir d'un seul regard combien de mètres de rivière je possédais. Dès le premier jour, je m'interdis d'y pêcher et de pisser dedans. C'était un si joli bras à observer que je pouvais rester des heures assis sur le rocher qui le surplombait, sans penser à aller marcher. C'est drôle, non, de marcher en s'imaginant qu'on ne pense pas à aller marcher.

Je choisis une fois pour toutes que, si deux rosiers avaient représenté une somme aussi énorme, c'est un bras de rivière que j'aurais acheté.

Par chance, il plut une nuit.

Le matin, les bruits d'eau dans les herbes.

C'est un moment parfait de s'imaginer qu'on possède un bras de rivière alors qu'autour de soi il y a tous ces bruits d'eau. Je n'avais qu'à fermer les yeux, tendre l'oreille et marcher tout droit, et soudain je marchais le long de ma rivière.

Ce sont les meilleurs moments passés dans mon tunnel.

Le soleil monta et assécha l'herbe haute. Bientôt je n'entendis plus de bruit d'eau. Je fis encore un aller et retour, fermant encore les yeux de temps en temps, et là je marchais sur le lit asséché de mon bras de rivière. Mais c'était moins intéressant à s'imaginer. Je rentrai à la maison en priant pour qu'il pleuve encore la nuit prochaine.

A la maison, les choses allaient aussi bien que dans mon tunnel. Mon père avait beaucoup de travail dans les jardins. C'était l'époque où l'on tondait les pelouses. La boîte à café se remplissait d'argent. Le bruit qu'elle faisait maintenant était presque tout le temps mat. On avait dû s'arrêter de jouer avec parce qu'on gagnait tout le temps tous les deux.

Et les rosiers poussaient bien. Plus de la moitié étaient sortis des pots. Ils mesuraient entre cinq et dix centimètres.

Cette période de notre vie ressemble à une course entre l'argent de la boîte à café et nos plantations.

Le seul ennui, c'est que les rosiers ne semblaient pas tous de la même variété. Si on s'approchait, on voyait bien qu'il y avait des différences entre les plants. On s'en inquiéta, puis un soir, mon père prit l'exemple de deux frères humains. Il me dit qu'eux aussi étaient différents, bien qu'issus de la même mère. On arrêta de s'inquiéter.

On continua à les sortir et à les rentrer. C'était plus facile maintenant, car il y avait moins de pots. On avait mis de côté la vingtaine où rien n'avait poussé. On avait resserré les rangs. Mais on les alignait toujours avec autant de soin.

On les arrosait dans la cour. Le matin, quand on venait de les sortir, et le soir, une heure avant de les rentrer. L'arrosage du matin représentait deux litres d'eau. Celui du soir, un peu moins. C'est moi qui remplissais les bouteilles.

On mangeait avant qu'il fasse nuit et, de la table, j'avais un œil sur les rosiers. Les deux miens étaient sur le premier rang, à gauche du côté de mon lit. Mon père ne savait pas encore que c'étaient les miens. Mais ça ne faisait aucun doute qu'il me les donnerait.

Un soir, pendant le repas, je lui demandai combien un rosier valait, d'après lui. Il me dit que c'était aussi quelque chose qu'il se demandait depuis plusieurs jours. Il m'annonça un prix qui dépassait de beaucoup celui que moi j'avais estimé jusqu'à présent.

De sorte que le lendemain et le jour d'après, en marchant dans mon tunnel, j'achetai de plus beaux articles au grand magasin Spinelli.

Et enfin, le troisième jour, je fis l'acquisition d'un bras de rivière plus cher. La présence d'un pont expliquait cette différence de prix. Cela en valait la peine car c'était un joli pont. Il me faisait penser à l'échafaudage du château d'eau. Tout en poteaux de bois, solide. Il était pratique pour observer les poissons. On pouvait les voir à la verticale. Ils aimaient bien nager dans l'ombre du pont, et dans mon ombre qui était une ombre rassurante.

Je rentrai en fin d'après-midi.

Il y avait des dizaines de mouches dans la maison. Je commençai à les tuer avec une vieille chemise. C'est bien plus difficile qu'avec un aspirateur.

Mon père rentra. Il mit plusieurs billets dans la boîte à café, et se lava les mains. Je déchirai une manche de la chemise, la lui donnai, et il m'aida à tuer les mouches. Il y en avait tellement qu'on ne réussit pas à les tuer toutes. Bientôt il fallut s'arrêter parce que le soir tombait et qu'on ne les voyait plus. J'allumai une bougie sur la table. On passa nos morceaux de chemise sous l'eau. Je les étendis dans la cour sur le fil tendu entre les toilettes et la maison.

Ensuite on rentra les pots.

On resta un peu dehors, adossés au mur à côté du rosier grimpant. Mon père fuma une cigarette et moi je regardai les étoiles en me disant que ce soir j'aurais aimé aller marcher dans mon tunnel en imaginant que je passais la nuit sur mon pont au-dessus de mon bras de rivière. Regardant les étoiles, et puis l'eau, et puis les étoiles se refléter à la surface de l'eau. M'imaginant regarder tout cela tranquillement. Et deviner sans les voir que les poissons nageaient sous mes pieds dans l'ombre immense qu'était devenue la rivière avec la tombée de la nuit.

Il y eut un peu de vent, et les lambeaux de chemise se balancèrent sur le fil. Mon père jeta sa cigarette dans la rue et on rentra manger. On laissa la vaisselle pour le lendemain et on se coucha avec la lumière parce qu'il restait un bout de bougie qui brûlait encore.

Je me tournai vers l'alignement des pots et fixai les deux miens.

On ne parlait pas. Je regardais mes deux rosiers. Mon père était assis dans son lit et regardait vers la porte. La flamme de la bougie portait son ombre sur le mur derrière lui. Mon père était parfaitement immobile, et pourtant son ombre bougeait un peu. C'est parce qu'un peu d'air circulait dans la maison, et faisait vaciller la flamme de la bougie.

Soudain je demandai :

– Papa, est-ce que tu me donnerais deux rosiers ?

Il se tourna vers moi.

– Pour quoi faire, gamin ?

– Eh bien, pour les vendre, et avoir un peu d'argent moi aussi.

– Alors, bien sûr que je te les donne.

– Merci, dis-je.

Et pointant ma main vers les deux rosiers que j'avais déjà choisis :

– J'aimerais avoir ces deux-là.

Il pencha la tête pour les apercevoir.

– Ils sont à toi, dit-il.

– Merci, dis-je.

– Prends-en un troisième, si tu veux.

– Non, je me suis habitué à ces deux-là.

– Qu'est-ce que tu vas faire de cet argent ? me demanda-t-il.

Je me mis sur le dos.

– C'est long à expliquer.

– On a le temps, fit-il, tendant le bras vers la table, et attrapant ses cigarettes et son briquet.

J'attendis qu'il s'en allume une et envoie la fumée vers le plafond.

– J'ai d'abord pensé à m'acheter des choses chez Spinelli.

Lui et son ombre hochèrent la tête en silence. Puis comme je tardais à continuer, il me dit :

– C'était pas si long que ça.

– J'ai pas fini.

– D'accord, vas-y !

– Après des choses chez Spinelli, j'ai pensé à m'acheter mon tunnel où je vais marcher.

Il rit sans moquerie, et me fit remarquer :

– Tu pourrais pas, Primo. En admettant que quelqu'un te vende ce bout de terrain, tu ne pourrais pas l'acheter avec deux rosiers.

– Mais je sais, dis-je, c'est seulement quelque chose que je me suis imaginé. C'est un jeu, tu comprends ?

– Je comprends maintenant.

Il termina sa cigarette, se leva et alla l'éteindre dans l'évier. Il revint dans son lit, faisant danser la flamme de la bougie. Je me tournai vers lui et lui demandai :

– Tu te rappelles qu'un soir on a parlé de la rivière ?

– Oui, c'est le soir où je t'ai dit que j'aimais pas marcher, mais que j'aimais bien attraper des truites à la main.

– C'est ça. Alors, ça m'a donné l'idée d'acheter un bras de rivière. Mais toujours en imagination. Avec l'argent du tunnel que j'aurais revendu.

– Tu as de la suite dans les idées.

– Oui, je crois.

– Et tu t'es imaginé que tu attrapais des truites à la main ?

– Non, j'ai pas fait ça. J'ai imaginé que je les regardais depuis un pont que j'avais fait construire.

– Oui, c'est bien aussi de les regarder, m'approuva-t-il.

Il garda un instant le silence, et dit :

– Et c'est curieux, tu vois, parce que depuis qu'on a eu cette discussion à propos de la rivière, j'y ai repensé moi aussi à cette rivière pendant que je tondais les pelouses, cette semaine.

– Et tu t'es imaginé des choses, aussi ?

– Non, j'y ai repensé, c'est tout.

– Et c'est facile à faire pendant qu'on tond une pelouse ?

– Qu'est-ce que tu veux dire ?

– Est-ce qu'on peut couper de l'herbe et en même temps repenser à des choses ?

– C'est très facile.

– Tu crois que j'y arriverais ?

– Je crois. Tout le monde peut y arriver. Mais faudrait d'abord que tu apprennes à tondre une pelouse.

Quand la flamme de la bougie commença à faiblir, que les ombres commencèrent à danser toutes seules, on s'était dit tout ça, paisiblement.

Soudain il fit presque noir. Cela dura quelques secondes. Puis la flamme sembla remonter, nous éclaira un peu, et d'un seul coup s'éteignit complètement. L'odeur de la paraffine se répandit autour de nous. Je gardai la même position dans le lit, et je dis :

– Ça s'est éteint.

– Tu veux que j'en rallume une ? me demanda-t-il.

– Non, répondis-je, j'aime bien aussi parler dans le noir.

Je me remis sur le dos, et je dis :

– Tu n'es pas encore venu voir mon tunnel.

– C'est vrai.

Pendant un moment, on en resta là. On ne dit plus

rien. On était tous les deux près de s'endormir. Je fermai et rouvris les yeux.

– Est-ce que tu te souviens de combien de truites tu as attrapées avec la main ? demandai-je soudain.

Il siffla très aigu. J'insistai :

– Alors ?

– Alors, Primo, c'est difficile ce que tu me demandes là.

– Pourquoi ?

– Parce qu'on se souvient des choses qu'on a faites, mais pas de tous les détails.

Je rétorquai :

– Oui, mais ça c'en est pas un, de détail.

Et lui :

– Si, c'en est.

Je réfléchis et je dis :

– Alors, j'aime bien les détails.

– Oui, je crois.

J'étais flatté qu'il le pense aussi. Je revins aux truites, je demandai :

– Mais sans te souvenir du nombre, est-ce que tu peux dire au moins que tu en as attrapé beaucoup ?

– Alors là, oui, bien sûr que j'en ai attrapé beaucoup.

– Bon, ça me va déjà bien.

– Mais si tu veux, demain j'y réfléchirai, Primo, j'essaierai de voir si je peux m'en rappeler un peu mieux.

– Merci, dis-je. Essaie de voir si tu te souviens combien tu pouvais en avoir dans une journée.

– D'accord, j'essaierai.

– On en reparlera demain alors.

On a dû s'endormir après, parce que je ne me rappelle pas qu'on se soit souhaité bonne nuit. Je me souviens seulement de l'odeur de la fumée de paraffine.

C'est le lendemain, tandis que j'alignais les derniers pots dehors, qu'Angus entra dans la cour. Il y avait longtemps que je ne l'avais pas vu. Il était toujours grand et maigre, toujours vêtu d'un bleu de travail de l'époque où il travaillait à l'usine de compresseurs, et d'une casquette en toile grise.

Il me demanda comment ça allait. Je lui répondis « bien ». Il ôta sa casquette, la frotta contre sa jambe et la remit. Il s'approcha de la porte et jeta un œil dans la maison. Il me demanda si mon père était là, et je lui répondis qu'il était déjà parti tondre des pelouses. Il me dit alors qu'il aurait besoin de lui aux serres, cette semaine, et si je pouvais lui dire de passer, aujourd'hui. Je répondis que je le lui dirais.

Il s'accroupit devant l'alignement des pots de rosiers, en prit un et l'examina. Il le reposa exactement à sa place, et dit :

– Qu'est-ce que c'est que ça ?

Comme si ça ne se voyait pas.

– Des rosiers, Angus.

Il ôta sa casquette et la posa sur son genou. Il reprit un autre rosier, l'examina lui aussi, toucha du doigt les minuscules feuilles, puis le reposa bien à sa place.

– Tu parles ! dit-il.

– Quoi ? demandai-je.

– C'est pas des rosiers, dit-il.

– C'est quoi alors ?

– Je sais pas, dit-il, mais c'est pas des rosiers.

Il prit sa casquette, se releva, et regarda la cour autour de lui. Il passa sa main dans les cheveux et renfila sa casquette, et soudain il ne sembla plus savoir quoi faire. Il me regarda gentiment, recula un peu, contempla un moment l'alignement des pots, et finalement s'avança vers eux, et tourna lentement autour.

– C'est des graines de ce rosier-là qu'on a plantées,

dis-je, lui montrant notre rosier qui grimpait sur le mur.

Il s'arrêta de marcher pour le regarder.

– D'accord, dit-il.

Il reprit sa marche autour des plantations, s'arrêta de nouveau et s'accroupit. Il prit un pot, le reposa, en prit un autre. Il marmonna quelque chose.

– Quoi ? demandai-je.

Il prit un autre pot.

– C'en est pas, dit-il en le reposant à sa place.

Se releva et dit sans me regarder :

– Il n'y a pas un seul rosier, ici.

Regarda le ciel et se dirigea vers la porte de la cour. En la franchissant, il dit :

– Oublie pas de dire à ton père que j'ai besoin de lui cette semaine.

– J'oublie pas.

– Et aussi, dis-lui que ça me fait plaisir de le revoir.

– Je lui dirai aussi.

Il se dirigea vers sa camionnette. Elle était garée sur le trottoir. Des cageots à tomates vides empilés dépassaient à l'arrière, retenus par une corde. Une énorme tomate était peinte sur le flanc de la camionnette. D'un rouge éclatant, avec au beau milieu une minuscule tache de peinture blanche pour lui donner du relief. De loin on avait toujours l'impression de voir une vraie tomate. Quand il faisait chaud, cela donnait envie d'en manger. Angus démarra et la camionnette descendit du trottoir. Les cageots se soulevèrent et retombèrent sur eux-mêmes.

Je courus sur le trottoir pour rappeler Angus. J'aurais voulu qu'il revienne étudier nos plantations d'encore plus près. Mais il était déjà loin avec sa camionnette. Je revins dans la cour, entrai dans la maison, m'assis à table et croisai mes mains sur les genoux.

Pendant un long moment je ne fis rien, et ne pensai à peu près à rien non plus. En tout cas pas aux rosiers. J'avais seulement une brève pensée pour chaque chose que je voyais d'où j'étais assis.

Par exemple, je voyais par la porte les deux morceaux de chemise pendre au fil à linge dans la cour. Je me souvenais qu'on s'en était servi hier soir pour tuer les mouches, puis qu'on les avait lavés et étendus.

Tout doucement je cessai de m'intéresser à ce que je voyais. Je rétrécis le champ de mon regard et fixai la table.

Au bout d'un moment, je commençai à retirer la

bougie fondue du couvercle de la confiture, et entrepris de la ramollir entre mes doigts. Je modelai une boule que je fis rouler sur la table, d'une main vers l'autre. Une mouche se posa entre les miettes de pain bien que mes mains bougent tout près d'elle. Je la regardai un instant marcher entre les miettes, et tendre sa trompe vers le pain. Je n'avais pas envie de la tuer. Je fis rouler la boule vers elle. La mouche s'envola et la boule de paraffine tomba de la table, et roula vers mon lit.

Je me levai et sortis dans la cour.

Le soleil était déjà haut dans le ciel.

Je songeai avec désespoir que mon père suait sous le soleil, qu'il tondait des pelouses en ce moment comme si Angus n'était pas passé. Je sortis dans la rue et courus jusqu'à mon tunnel.

J'effectuai un premier aller-retour pour me calmer, regardant droit devant moi, solitaire. Puis un deuxième, en étendant légèrement les bras pour sentir les herbes, un peu moins solitaire. Puis un troisième, un quatrième, à réfléchir à ce qui n'avait pas marché dans nos plantations. La terre, les graines, les arrosages, nos prières. Et à réfléchir à la façon dont j'allais l'annoncer à mon père.

Je ne me souviens plus exactement combien je fis d'allers et retours, ce jour-là. Beaucoup. J'étais épuisé lorsque je rentrai.

Je sortis de sous l'évier le cageot des légumes. Il restait trois tomates et un poivron. Parmi les boîtes de conserve, j'en choisis une de haricots et une de viande. Je coupai le poivron et les tomates, les mis à cuire. Ouvris les boîtes, les versai dessus et, tandis que tout cela mijotait, je dressai la table avec beaucoup de soin, choisissant des verres et des assiettes qui n'étaient pas dépareillés. Et entre nos assiettes je dressai trois bougies.

Un moment, sans réfléchir, je pensai à aller cueillir des roses, et les disposer sur la table. J'ai vite compris que c'était une mauvaise idée.

Ensuite je rentrai les plantations comme tous les soirs, les alignant toujours avec le même soin. Il ne fallait pas qu'il se doute de quoi que ce soit avant que nous ayons fini de manger. Ce que je voulais, c'était lui annoncer la nouvelle après un bon repas. Il me semblait qu'elle serait moins difficile à entendre.

Il commença à faire sombre, mais je n'allumai pas les bougies. Je craignais que l'odeur de paraffine se mêle à la délicieuse odeur de mon plat, et le dénature. J'attendis dans la pénombre, assis à table. Parfois je me levais pour aller remuer les haricots, et les goûter.

4

La nuit était tombée quand je l'entendis marcher dans la cour. J'allumai les bougies. Quelques secondes et il entra. Il vint s'asseoir à table et me demanda de lui apporter la boîte à café. Je la lui apportai, il l'ouvrit, sortit des billets de sa poche et les mit tous dedans. Il remua la boîte, et au son mat qu'elle fit il sourit, et remua lui aussi sur sa chaise pour me montrer son contentement.

J'attendais son avis à propos de la table que j'avais dressée. Et qu'il lève le nez et demande d'où venait cette délicieuse odeur. Mais il dit :

– Éteins ce réchaud !

– Quoi ? demandai-je.

– Vas-y, Primo ! Éteins-le !

Je l'éteignis.

– Tu n'as pas faim ? lui demandai-je.

– Si, justement, j'ai faim, mais on va aller manger tous les deux en ville.

Il ouvrit la boîte à café et me la montra. Elle était presque pleine de billets.

– On va bien manger, me dit-il.

– Oui, mais ça, c'est pour l'électricité, dis-je.

– Il y a là-dedans plus qu'il n'en faut pour payer la facture.

Il referma la boîte et d'un geste de tête me montra les plantations.

– Et on a ça aussi maintenant, me dit-il.

Lâchement, je l'approuvai. Il me demanda si j'avais pensé à les arroser et je mentis d'un hochement de tête. Je me sentais impuissant. Je m'étais tellement préparé à lui annoncer la nouvelle après mon bon repas.

Il se leva, ôta sa chemise de la journée, et se lava les mains et les bras dans l'évier. Il enfila sa chemise imprimée d'oiseaux exotiques, et une veste par-dessus. Il mit la boîte à café dans l'une des poches et la tapota en remuant les épaules. Il me demanda si moi aussi je voulais me changer. Je dis que je préférais rester comme ça. Il s'alluma une cigarette à la bougie avant de souffler dessus.

On sortit dans le noir.

Il y avait davantage de lumière dans la rue, grâce à la lune et aux vérandas des maisons éclairées par des lampes suspendues, ou des guirlandes d'ampoules.

On remonta notre rue, et mon père me désigna les jardins dans lesquels il avait déjà travaillé. Il me dit combien il avait gagné dans chacun d'eux. La boîte à café déformait sa veste, et parfois, quand on descendait un trottoir, les pièces sonnaient au fond.

Bientôt on vit l'usine de compresseurs, éclairée par des lumières blanches et orange. On entendait de plus en plus fort l'air que les testeurs envoyaient dans les compresseurs.

Je n'avais rien dit depuis qu'on avait quitté la maison. Chaque fois que nous descendions un trottoir, et que j'entendais les pièces dans la boîte, je pensais soudain avec désespoir à la facture d'électricité, à Angus et à nos plantations.

On passait maintenant devant l'entrée de l'usine. Je m'apprêtai à demander quelque chose sur les compresseurs, mais à ce moment-là mon père salua d'un geste le gardien de l'usine assis dans une maison miniature, derrière un comptoir, une lampe au-dessus de sa tête, qui l'éclairait d'une lumière forte. Mon père avait salué le gardien pour plaisanter parce qu'il ne pouvait pas nous voir, il avait la tête baissée sur le comptoir. Et même s'il avait relevé la tête, il ne nous aurait pas vus, car nous étions dans l'obscurité, de l'autre côté de la route.

On s'éloigna de l'usine, on traversa plusieurs rues, et on déboucha dans la rue principale. On commença à croiser des gens. Mon père se passa plusieurs fois la main dans les cheveux pour se peigner, se tournant vers les vitrines pour se voir dedans.

A un moment, il s'arrêta plus longtemps devant une vitrine pour mettre les pans de sa chemise imprimée dans son pantalon. Le hasard fit que c'était un magasin de vêtements. Je vis mon reflet à côté du sien dans la vitre, et j'arrangeai ma chemise aussi. On passa devant le magasin Spinelli.

On marcha encore un peu dans la rue principale, et on tourna à droite dans une rue adjacente que mon père semblait connaître. Un autre soir, ça aurait été bien agréable de marcher en ville. Il faisait bon, et j'aimais beaucoup quand mon père mettait cette veste, elle était gris clair et lui allait bien.

On s'arrêta juste avant un bar-restaurant. Mon père me demanda de rester là, et il s'avança tout seul sur le trottoir. Il passa rapidement devant le bar-restaurant en jetant un œil par la vitre, et revint. Je suppose qu'il y avait quelqu'un à l'intérieur qu'il n'avait pas envie de voir, car on n'y entra pas, on retourna sur l'avenue. Quelqu'un sans doute à qui il devait de l'argent, ou bien une autre histoire.

On remonta la rue principale jusqu'à une autre rue où l'on s'engagea. Elle était éclairée par une enseigne au néon vert et rouge qui indiquait un nouveau bar-restaurant. On s'arrêta et mon père repartit tout seul regarder à l'intérieur. Il revint sur ses pas et me fit signe de le rejoindre devant la porte. On entra. Il y avait deux hommes assis au bar, qui tournaient le dos à la porte.

C'était la seconde fois que j'entrais dans un restaurant. La première fois, mais je m'en souvenais peu, c'était dans une station au bord de la route, le jour où nous avions déménagé pour venir ici.

On s'avança jusqu'au bar et mon père dit :

– Bonsoir !

Le patron du restaurant dit :

– Bonsoir !

Les deux hommes se retournèrent et nous dirent aussi bonsoir. Sur le bar, il y avait un distributeur de boisson rouge, dans lequel une hélice tournait lentement, et provoquait des remous. Je regardai les verres des deux hommes pour voir si c'était ce qu'ils buvaient. Mais non, eux buvaient de la bière. Mon père demanda si on pouvait manger, et le patron répondit gentiment que bien sûr on pouvait. Il nous montra la salle du restaurant. Elle était séparée du bar par deux rideaux ouverts. Le mur du fond de la salle était couvert de photographies encadrées. En dessous, assise toute seule à une table, il y avait une femme qui mangeait.

On entra dans la salle et on s'assit à une table juste à côté de celle de la femme, qui continua à manger tout en nous regardant nous asseoir. Mon père sortit la boîte à café de sa veste et la posa devant lui, entre nos deux assiettes.

Maintenant je voyais mieux les photographies. Elles allaient par séries de quatre. Chaque série représentait un paysage photographié sous le même angle et à chaque saison. Il y avait surtout une jolie crique entourée d'arbres. Sur la photo de l'hiver la neige tombait sur l'eau. L'automne, c'étaient les feuilles jaunes qui tombaient. Et comme dans toutes les autres séries, la différence entre le printemps et l'été était si ténue qu'on aurait pu les confondre.

On attendit le patron sans rien dire. Quand il vint et qu'il aperçut la boîte à café sur la table, il demanda :

– Qu'est-ce que c'est ?

Mon père souleva le couvercle et le patron vit les billets. Il se pencha et demanda avec astuce :

– C'est comme ça jusqu'au fond ?

– C'est comme ça jusqu'au fond, dit mon père.

Il mentait un peu car, sous les billets, moi je savais qu'il y avait des pièces. Il remit le couvercle sur la boîte et détendit ses jambes sous la table.

Le patron nous énonça les plats qu'on pouvait choisir. Tandis qu'on réfléchissait, il nous les énonça une seconde fois. Mon père commanda des côtelettes d'agneau avec des pommes de terre, et moi des raviolis frais à la sauce tomate. En entrée, on choisit tous les deux de la salade aux œufs durs. Le patron nota tout sur un papier et s'en alla.

Ce devait être lui qui faisait la cuisine. Il disparut par une porte derrière le bar et ne réapparut pas avant un long moment.

Voici comment nous étions installés : à ma droite il y avait le mur avec les photographies et la femme en dessous qui mangeait, et à gauche le comptoir et les deux hommes qui y étaient assis. C'était l'inverse pour mon père puisqu'il était assis en face de moi. Il s'alluma une cigarette et on regarda tous les deux les photographies.

– Tu vois les criques ? lui demandai-je.

Il les chercha parmi les autres séries et dit :

– Oui, je les vois.

– Celle de l'hiver, précisai-je.

– Oui, joli coin.

Il avança son visage et plissa des yeux.

– Il neige, non ?

Je n'eus pas le temps de lui répondre car, en dessous des criques, la femme s'arrêta de manger, et leva les yeux vers nous. Nous devions la gêner en observant ainsi dans sa direction, si peu au-dessus d'elle. On se détourna des photographies, et on se regarda, et il me demanda en éteignant sa cigarette :

– Parle-moi de ces choses que tu as envie d'acheter chez Spinelli !

Je ne sus pas quoi répondre. J'aurais préféré qu'il me parle du bras de rivière que j'avais acheté pour m'amuser. Là au moins j'étais sûr depuis le début que je ne l'achèterais jamais. Que les rosiers en soient ou pas, c'était pareil.

– Alors ! insista-t-il.

– Je m'en souviens plus, dis-je.

– C'est dommage, mais sûrement que ça te reviendra.

Il prit un billet dans la boîte à café et me le tendit.

– Qu'est-ce que c'est ? demandai-je.

– Une avance sur tes deux rosiers.

– Non, je ne le veux pas.

– Et pourquoi ?

– Parce que ça me dit plus rien d'acheter ces choses. Et depuis le début, dans la boîte, on avait dit que c'était pour l'électricité.

– Prends-le, Primo ! insista-t-il. C'est quand même moi qui l'ai gagné cet argent, non, et j'en fais ce que j'en veux.

Je pris le billet et le mis dans ma poche.

– Tu me rembourseras dès que tu auras vendu tes rosiers.

Ce fut comme si le billet se mettait à brûler dans ma poche. Le patron réapparut à ce moment-là, nous apportant nos salades aux œufs durs. Il repartit et revint avec une bouteille de vin, et une de soda pour moi.

– Bon appétit ! nous dirent les deux hommes au comptoir.

– Merci, dit mon père.

La salade était délicieuse. Les œufs, cuits mollets, étaient coupés en deux. Le jaune se mélangeait à la sauce piquante. Ça m'aurait suffi, juste cette salade. Ce n'est pas elle qui aurait beaucoup entamé la facture d'électricité. Un ou deux billets de la boîte, guère plus. Si j'avais eu du courage, j'aurais fini de la manger, et dit à mon père que d'après Angus les rosiers n'en étaient pas, et qu'on devait s'en aller maintenant avant qu'on ait dépensé tout l'argent de la boîte.

Je finis de manger la salade et bus un verre de soda. Mon père but un grand verre de vin, s'alluma une autre cigarette et reprit du vin.

J'avais envie de regarder la crique, mais je n'osais pas à cause de la femme. Alors j'essayai de m'intéresser aux deux hommes assis au comptoir. Il y en avait un qui parlait, et l'autre hochait la tête en l'écoutant. Tous les deux portaient des chemises fantaisie, tout en couleur.

Le patron revint bientôt avec mon plat de raviolis frais et une coupelle de parmesan râpé. Il repartit et revint avec les côtelettes d'agneau. Mon père éteignit sa cigarette et on recommença à manger. Mes raviolis étaient brûlants. Je les étalai dans l'assiette, soufflai dessus et les saupoudrai de parmesan. Dès que j'en eus goûté un, mon père me demanda comment ils étaient. Je lui répondis que je n'en avais jamais mangé de meilleurs. Je lui demandai pour ses côtelettes et il me fit la même réponse. J'avalai plusieurs raviolis à la suite, et soudain l'un des deux hommes du bar nous demanda :

– Vous voulez entendre de la musique ?

Mon père s'arrêta de manger, hésita un instant, et dit, se tournant vers eux :

– Pourquoi pas ?

L'homme demanda alors une bière. Le patron la lui servit en souriant, et l'homme se leva, le verre de bière à la main, et se dirigea vers nous. Il passa près de notre table, et posa le verre devant la femme assise sous les photographies. Il retourna au bar, nous faisant un signe de connivence au passage. Mon père avait posé sa fourchette, et à présent, il regardait l'homme, et puis la femme qui, elle, regardait le verre de bière posé devant son assiette. Moi j'observais tout le monde, et je trouvais tout cela étrange. Pendant un moment il ne se passa rien, que les regards de chacun dans le silence. Et aussi, la lumière de l'enseigne au néon qui clignotait jusque dans la salle et donnait à toutes choses une teinte vert pâle.

Quand la femme commença à chanter, je sentis que je rougissais parce qu'il m'avait toujours semblé que chanter était quelque chose de très intime. Il m'arrivait de le faire, mais pour moi, et la plupart du temps je chantais dans mon tunnel, entre les herbes. Et c'est encore plus intime, je trouve, quand on a une jolie voix. La femme avait une jolie voix.

Tout en rougissant, je tendais l'oreille afin d'écouter les paroles. Quand j'entendis les premiers mots obscènes, je baissai les yeux sur mes raviolis frais qui fumaient encore, et ne les relevai pas avant la fin de la chanson.

Elle était assez courte heureusement. Je relevai la tête. La femme buvait son verre de bière à présent. Mon père ouvrait de grands yeux. Les deux hommes au bar nous observaient. Le patron souriait à tout le monde.

Mon père s'adossa à sa chaise, tourna son regard vers les deux hommes et dit simplement :

– Ça alors !

Les deux hommes rirent. Bientôt suivis du patron. Je pris un ravioli et le tournai dans la sauce. Quand tout le monde cessa de rire, je l'avalai. Puis regardai vers la femme. Elle me sourit. Mon père me demanda gentiment :

– Tu as compris la chanson, Primo ?

– Non, dis-je avec gêne.

– Bon, c'est mieux comme ça.

Pourtant j'en avais compris un peu. Il se tourna vers le comptoir, et dit :

– Merci pour la musique.

– De rien, dit l'un des deux hommes.

On recommença à manger. C'était étrange soudain, car on aurait dit que personne n'avait chanté quelques minutes avant. Les deux hommes parlaient à voix basse et le patron avait disparu dans la cuisine. Nous, nous mangions, et quand nos regards se croisaient, nos yeux exprimaient simplement la grande satisfaction de savoir qu'il en restait encore dans nos assiettes.

Quand mon père eut fini ses côtelettes, et moi mes raviolis, on n'avait plus faim. Mon père s'alluma une cigarette et but son vin. J'avais de nouveau envie de regarder les photographies. Je tournai la tête lentement. La femme baissait les yeux. Elle semblait regarder ses mains. Elle ne pouvait pas me voir. Alors j'observai la série des criques, m'attardant sur l'hiver où la neige tombait sur l'eau. Elle blanchissait tout le fond des arbres, des rochers et du ciel, mais, étrangement, pas l'eau sur laquelle elle tombait.

Soudain je pensai à celui qui avait photographié la crique. Je me demandai comment il s'y était pris pour avoir toujours le même point de vue. S'il avait marqué l'endroit où poser son appareil pour le retrouver à chaque saison, ou alors s'il s'était posté là de mémoire, à plusieurs mois d'intervalle. Je me dis que ça allait être un sujet à dérouler dans mon tunnel. Qu'il faudrait que je m'en souvienne demain.

Quand mon père se leva, la femme redressa la tête et

je me détournai des criques. Il ôta sa veste, la plia sur sa chaise, prit de l'argent dans la boîte et alla vers le bar. Il revint avec une bouteille de vin et une bière. Il posa la bouteille sur notre table, la bière devant la femme, et revint s'asseoir. Les deux hommes s'arrêtèrent de parler. Mon père se servit du vin, en but une gorgée. A cet instant, la femme entama la chanson.

– Mais, vous entendez, c'est la même ! dit mon père avec étonnement, s'adressant aux deux hommes.

– Toujours, dit l'un d'eux.

– C'est ce qu'on trouve drôle, dit l'autre.

Mon père pencha la tête sur le côté, façon de dire qu'il ne les approuvait qu'à moitié.

– Si, c'est drôle, confirma le premier.

– Et vous, les gars, si je vous paie une bière, qu'est-ce que vous allez chanter ? leur demanda mon père.

– Nous rien, dirent-ils, mais on veut bien une bière.

La femme continuait la chanson tandis que mon père et les deux hommes discutaient de la sorte. Les paroles me gênaient autant que tout à l'heure, mais je n'avais pas cette fois la sensation de rougir.

La chanson finit. La femme but la bière et mon père se leva. Il prit de l'argent dans la boîte et rejoignit les deux hommes au bar, se plaçant entre eux. Il commanda des bières, puis me fit signe avec le pouce et l'index que tout allait bien.

Tous les trois burent leur bière.

Je me tournai vers les photographies et croisai le regard de la femme. Elle me sourit et, au lieu de m'effrayer, je pris ça comme un billet d'entrée au mur au-dessus d'elle. Je pouvais à présent regarder les séries de photographies sans me dépêcher ni la gêner.

Ce que je fis longuement.

M'attardant sur chaque série.

Et finalement pris tout mon temps avec les criques. Devant chacune d'elles, je prononçais mentalement sa saison. Devant l'hiver, je m'étonnais toujours que la neige blanchisse tout sauf l'eau sur laquelle elle tombait.

Soudain, et tristement, je songeai que si nos plantations avaient donné ce qu'on en espérait, c'est une crique que j'aurais achetée en imagination, au lieu du bras de rivière.

Mon père revint chercher de l'argent dans la boîte, et il me demanda :

– Ça va, Primo ?

– Oui, mais j'aimerais bien rentrer maintenant.

Je n'avais pas du tout envie de rentrer, mais je m'inquiétais de plus en plus pour l'argent dans la boîte à café.

– On va bientôt rentrer, dit-il.

– Quand ? demandai-je.

– Je ne sais pas, mais bientôt, gamin. Prends un dessert !

– J'ai plus faim.

Il prit une cigarette sur la table.

– Fais-moi plaisir, Primo, prends un dessert !

Il alluma la cigarette. Je regardai mon assiette.

– Alors, gamin ?

– D'accord, dis-je finalement, car dans le fond j'en avais envie, d'un dessert.

Il retourna vers le bar, parla au patron, qui aussitôt disparut dans la cuisine. Mon père, debout entre les deux hommes, leva vers moi la main en signe de victoire.

Je n'attendis pas longtemps. Le patron sortit de la cuisine et m'apporta une crème à la vanille, et des gâteaux dans une assiette. Je n'en avais jamais vu de cette forme auparavant. Je les mangeai en les trempant dans la crème, et ensuite en les faisant fondre dans la bouche.

Puis je mangeai la crème.

Au bar, ils buvaient la bière que mon père avait payée. Je ne sais pas ce que faisait la femme parce que j'étais trop absorbé à manger la crème.

Je l'avais finie quand mon père revint chercher une cigarette sur la table. Je remarquai qu'il avait sorti sa chemise de son pantalon. Il me demanda :

– Dis-moi comment c'était !

– Quoi ?

– Ton dessert !

– Bon.

Il sembla déçu. Je lui dis alors la vérité, mais à voix basse comme si cela pouvait éviter ce qui allait suivre.

– Délicieux, dis-je.

Il repartit, et ce que je craignais arriva très vite. On me servit une nouvelle assiette de gâteaux et une crème à la vanille. Du bar, mon père me sourit, puis leva les yeux au plafond. Je baissai les miens sur mon dessert, aperçus cette délicieuse crème à la vanille et ces gâteaux fondants.

Une vision magnifique.

Tout cela était à moi, et m'attendait, bien que je n'aie plus faim, et c'est cela qui était magnifique. Je saisis la cuillère argentée, relevai la tête et regardai autour de moi, et il me sembla soudain que de tout ici émanait une immense grâce. Des gens, de mon père, des verres de bière sur le comptoir, des murs des tables des chaises et des photographies. De ma crique sous la neige. De toute chose. Et de mon souvenir, soudain, s'évanouit Angus au volant de sa camionnette.

Quelle splendide lumière clignotait autour de nous ! J'étais presque certain à cet instant-là, que si un jour Dieu envoyait de la lumière, elle serait verte et clignotante.

Je croisai le regard de la femme et lui sourit béatement. Que de grâce il émanait d'elle, et quelle jolie voix elle avait ! Je souhaitais de tout mon cœur qu'elle ait mangé le même dessert que moi.

Je pris une première cuillère de crème, un premier gâteau qui fondit sous la langue. Je recommençai et recommençai. De temps en temps je relevais la tête et regardais la crique tandis qu'un gâteau fondait dans ma bouche.

Je commençai à avoir mal au ventre en finissant la crème. J'ai aimé ce mal de ventre.

Il restait encore quelques gâteaux dans l'assiette. Je trouvai la force de les finir. Puis j'observai tout autour de moi.

La grâce courut encore quelques minutes, et s'en alla paisiblement. Je pensai : comme l'eau de pluie qui s'évapore des herbes hautes. C'était une jolie comparaison. Elle s'en alla tranquillement tandis que mon père apparaissait à la porte des toilettes en passant la main dans ses cheveux, rejoignait les deux hommes au bar, et reprenait la discussion.

Ça ne me gênait pas qu'il tarde à revenir à table. Je ne me sentais pas du tout solitaire, ni abandonné, rien de tout cela. J'avais encore le goût du dernier gâteau dans ma bouche.

Mon père tenait la discussion devant le comptoir. C'est lui que les deux hommes écoutaient. Ils hochaient la tête pour l'approuver. Buvaient leur bière, hochant la tête à nouveau et rebuvant de la bière. Je ne savais pas de quoi mon père leur parlait. J'étais trop loin pour l'entendre. Mais je voyais qu'ils étaient tous les deux unanimes. Il n'existait à mon avis qu'un seul sujet sur lequel ils puissent être autant d'accord avec lui. Celui des truites bleues qu'il avait attrapées à la main quand il avait mon âge. Je me dis soudain, plein d'espoir, qu'avec toutes ces bières qu'il avait bues, et ce vin, la mémoire lui était revenue. Qu'il se souvenait, ce soir, du maximum qu'il avait réussi à attraper dans une journée.

L'un des deux hommes prit la parole. Cette fois, c'est lui que mon père et l'autre homme approuvèrent. Le patron aussi l'approuva et servit de nouvelles bières. Et tout à coup il sortit de derrière le comptoir et alla tirer le rideau devant la salle du bar et celui de la salle de restaurant. La lumière verte de l'enseigne clignota d'une couleur indéfinissable à travers les rideaux rouges.

Le patron retourna derrière le comptoir, se baissa et appuya sans doute sur des boutons, parce que la lumière de l'enseigne s'éteignit. A cet instant, la femme posa son sac sur la table et l'ouvrit. Elle chercha quelque chose à l'intérieur. La discussion au bar s'interrompit. Celui qui avait la parole demanda à la femme :

– Elle va où ?

– Elle rentre, lui répondit-elle.

Je trouvais que c'était une drôle de façon de parler. Je n'avais jamais entendu ça. Tous les deux semblaient parler de quelqu'un d'autre. Puis il y eut un silence, et le patron passa devant moi avec un verre de bière à la main. Il le posa à côté du sac de la femme, qui dit :

– Je n'ai plus soif.

Le patron se tourna vers le bar, le regard interrogateur.

– Attends ! lui dit mon père.

Il vint vers notre table, prit de l'argent dans la boîte à café, le posa à la place du verre de bière, qu'il prit, et retourna au bar en même temps que le patron. La femme prit l'argent, s'essuya les lèvres avec un mouchoir qu'elle avait sorti de son sac, et chanta. Mais comme au bar la discussion reprit presque aussitôt, j'eus l'impression qu'elle chantait pour moi tout seul. Cela me gêna beaucoup. Je regardai droit devant moi, les yeux dans le vide. Je me demandais pourquoi mon père la payait pour chanter et ne prenait pas le temps de l'écouter.

La femme termina la chanson et recommença à chercher quelque chose dans son sac.

Au bar, ils riaient à présent. A un moment, mon père regarda dans ma direction, et alors seulement il sembla s'apercevoir que la chanson était finie.

– Prends un billet, Primo, et va lui donner ! me dit-il.

Je le fixai, incrédule, et fis non avec la tête.

– Vas-y, gamin ! insista-t-il.

Je baissai les yeux et refis non. L'un des deux hommes dit :

– Je te paie un coup si t'oses le faire.

– T'entends, Primo ? me dit mon père, il te paie un coup. Prends ce billet et vas-y !

– Non, dis-je, misérable.

– Qu'est-ce qu'il a, ton gosse ? demanda l'homme.

Mon père ne lui répondit pas, il s'approcha, prit un billet dans la boîte et dit :

– Regarde, gamin !

Il posa le billet devant la femme. Elle souffla dessus, et le billet tomba par terre. Mon père regarda les deux hommes et le patron au bar, et la femme regarda mon père avec mépris.

Je mouillai mon doigt et le trempai dans la coupelle de parmesan.

– T'avais raison, Primo, me dit mon père, elle a plus du tout envie de chanter.

Les deux hommes et le patron rirent. Je mangeai le parmesan collé sur mon doigt. Mon père ramassa le billet et retourna au bar. Le patron servit d'autres bières et la femme se leva. Elle était petite malgré des chaussures à talons, et très maigre. Elle me fit un signe en passant devant moi. Au bar elle sortit de l'argent de son sac et paya son repas. Mon père s'approcha d'elle, un verre de bière à la main, et lui dit quelque chose à l'oreille. Ce qui la fit rire. A moi cela me fit du bien. Il me semblait que ce rire effaçait son regard méprisant de tout à l'heure. Il lui glissa autre chose à l'oreille et retourna entre les deux hommes. La femme ramassa sa monnaie sur le comptoir, et sortit dans la rue. Pendant un instant je vis, à travers les rideaux, sa silhouette avancer sur le trottoir et disparaître.

Je pensais à elle quand mon père vint chercher la boîte à café sur la table. Il souriait comme les jours où il trouvait de nouvelles pelouses à tondre. Cependant, son regard était fixe et tendu. Il prit la boîte sans rien me dire et retourna au bar. Je repris du parmesan sur mon doigt.

Cela lui prit du temps pour payer les repas et les bières. Le patron avait sorti une feuille de papier et écrivait quelque chose. Mon père était penché au-dessus du comptoir et surveillait ce qu'il écrivait. Les deux hommes à présent parlaient entre eux. Quand mon père ouvrit la boîte à café, je me servis du soda et le bus en regardant la crique sous la neige.

5

Les rues étaient vides, les vitrines des magasins éteintes. Il faisait sombre mais parfois on apercevait une fenêtre éclairée. Je tenais la boîte à café dans la main. Des pièces sonnaient au fond. Mon père marchait un peu en retrait.

Quand on déboucha dans la rue principale, je ne l'entendis plus derrière moi. Je m'arrêtai et revins sur mes pas. Je l'aperçus qui urinait contre une colonne en stuc. Je regardai le ciel en attendant qu'il ait fini. Il n'y avait pas de nuage. La lune était derrière les toits, des étoiles étaient posées sur les faîtières. On n'entendait pas l'usine de compresseurs. Mon père se reboutonna et on repartit. Il passa son bras autour de mon épaule et dit simplement :

– Gamin.

– Quoi ? demandai-je.

– Rien, gamin, rien, me dit-il lentement.

Il retira son bras. Je lui dis :

– Ça me gêne pas que tu le laisses.

Un bref silence.

– De quoi parles-tu ?

– De ton bras.

– Ah ! fit-il.

Je ne suis pas sûr qu'il avait compris. On traversa la rue principale. La lune apparut. Son halo ressemblait à de la brume. Aussi loin que le regard portait, on ne voyait personne. Pas même derrière les rares fenêtres éclairées.

– Alors ce dessert ? me demanda mon père.

– C'était délicieux.

Je ne lui dis pas ce que j'avais ressenti en le mangeant la seconde fois. Ici dans la rue, il me semblait que ce serait trop compliqué à expliquer. Mais peut-être qu'un jour à la maison, tranquillement, je le ferais. Je lui parlerais de mon extase devant l'assiette, et de la grâce qui s'était posée sur toute chose avant que je commence à manger.

– Ton dessert, me dit-il, je me souviens plus ce que c'était.

– De la crème et des gâteaux.

Il me frôla l'épaule avec sa main et dit :

– J'essaierai de t'en faire un jour.

– C'est vrai ? demandai-je pour lui faire plaisir.

– Bien sûr.

Ça lui avait fait plaisir. Sauf que, pour faire des gâteaux, je savais qu'il faut un four, et de four on n'en avait plus. Nos pas résonnaient comme dans un tunnel. Pas le mien, non, un vrai tunnel. Ils semblaient ricocher sur les murs.

Au lieu de continuer tout droit vers la rue de l'usine, on s'engagea dans la rue de l'église. La lune disparut. Il faisait très sombre.

– C'était de la crème à quoi ?

– A la vanille.

– Et les gâteaux ?

– Je sais pas.

– Tu ne sais pas quel goût ils avaient ?

– Non, c'est difficile à dire. Mais je sais qu'ils étaient fondants.

– Ça m'aide pas beaucoup, ça.

On s'approchait de l'église.

– Mais tu me feras n'importe quel gâteau, ça ne me gêne pas.

– Non, je te ferai ceux que tu as trouvés délicieux.

– J'aime bien tous les gâteaux.

– Merde, gamin, laisse-moi faire.

– D'accord, je te laisse faire.

De toute manière, on en reparlerait lorsqu'il se souviendrait que nous n'avions plus de four. Je me demandais quelle sorte de gâteaux il compterait me faire alors.

On arriva devant l'église. Mon père tira la première porte en bois. Je poussai la seconde, capitonnée de cuir rouge. On entra lentement et je retins la contre-porte capitonnée pour éviter qu'elle fasse du bruit en se refermant. On s'avança tout doucement. On aurait dit que nous marchions au ralenti. Des cierges étaient allumés dans des niches aménagées dans les murs, de part et d'autre des deux rangées de bancs. On s'arrêta au début de l'allée centrale. Mon père leva les yeux vers la voûte. Je lui demandai à voix basse ce que nous faisions ici. Il ne répondit pas. Je lui redemandai.

Mais il s'éloigna, s'avança dans l'allée centrale, marcha vers l'autel d'un pas très raide, les épaules relevées, comme s'il défilait. Seulement, un détail clochait dans cette solennité à coup sûr feinte : sa chemise dépassait de sa veste. Je le regardai descendre l'allée. Moi je n'osais pas aller jusqu'à l'autel. J'avais vaguement honte de quelque chose. Je m'assis au bout du dernier banc et posai la boîte à café entre mes jambes.

Mon père s'arrêta devant l'autel et ne bougea plus. Je levai les yeux. Au-dessus de moi, sur l'une des arches de la voûte, il y avait un socle à mi-hauteur. Sur le socle se tenait la statue d'une sainte debout, la tête légèrement penchée sur le côté, et avec un air si triste que je tendis mon regard pour voir si on n'avait pas peint des larmes sur ses joues. Mais non, elle était simplement triste. Je lus sur le socle qu'elle s'appelait sainte Thérèse de l'Enfant Jésus. Je ne la connaissais pas. Je fermai les yeux. J'étais fatigué. Les rouvris. Mon père se tenait toujours devant l'autel, les mains dans les poches de sa veste à présent, parfaitement immobile.

La boîte à café était froide entre mes jambes. J'en soulevai le couvercle et regardai à l'intérieur. Comme si, tout à coup, je me décidais à regarder les choses en face. Il restait si peu de billets qu'on pouvait voir les pièces au fond. C'était une vision sinistre. On aurait dit la fin d'une bataille. Et c'était moi, d'une certaine manière, qui l'avais perdue, qui avais vidé la boîte.

Je refermai la boîte les mains tremblantes. La reposai entre mes jambes et pleurai de désespoir, silencieusement, le menton contre ma poitrine. Et soudain je repensai aux deux desserts que j'avais pris. Au second surtout. Combien de surface de pelouse avait-il tondue pour me le payer ? Combien d'heures d'ampoule allumée ou d'aspirateur représentait-il ?

Rien n'aurait pu me consoler. Pas même d'aller marcher dans mon tunnel entre les herbes hautes. Ce tunnel que j'avais si patiemment creusé. Là où je m'étais senti si bien pendant toutes ces semaines. Et même s'il avait plu pendant la nuit, ça ne m'aurait pas consolé davantage de marcher avec des bruits d'eau autour de moi, en imaginant que je possédais un bras de rivière qu'un pont enjambait.

A travers mes larmes, j'aperçus mon père qui remontait l'allée, mimant des pas de danse, les bras battant une mesure que lui seul entendait. Bientôt il verrait mes larmes. Je savais qu'on ne sortirait pas de l'église avant que je ne lui aie dit la vérité sur nos plantations.

Il fit un ultime pas de danse et se laissa tomber sur le dernier banc à l'opposé du mien. L'allée centrale nous séparait. Il n'avait pas encore vu mes larmes. Il pencha la tête en arrière, mit les mains dans les poches de sa veste et observa les voûtes. Il semblait en apprécier la construction, car il se tordait le cou en tous sens, opinait et se passait la langue sur les lèvres.

Je laissai échapper :

– C'est pas des rosiers.

– Qu'est-ce que tu dis, gamin ?

Il n'avait pas entendu. Il fallait que je le dise une seconde fois. Comme s'il me fallait payer pour le second dessert.

– C'est pas des rosiers, répétai-je plus fort.

Il ne dit rien. Je baissai les yeux. Je dis avec des sanglots :

– Angus est passé hier, il a dit que c'étaient pas des rosiers.

Et plus fort :

– Nos plantations, c'est rien.

Je relevai les yeux et tournai la tête vers mon père. Il sortait son paquet de cigarettes. Il en prit une et l'alluma. Il pivota sur le banc, se tourna vers moi et dit :

– Je le sais, gamin.

Je me levai brusquement. La boîte à café tomba dans

un grand bruit sur la dalle en ciment. Je sortis dans l'allée et lui fit face. Je le regardai sans comprendre. Il me sourit et dit :

– T'en fais pas, gamin, j'ai vu Angus aussi. Il était dans sa camionnette. Il m'a dit : ton gosse il a grandi. Je lui ai dit : c'est un beau gamin, non ? Et il a été d'accord. Je te jure, Primo, qu'il a été d'accord. Et il m'a dit : je sais pas ce que tu as planté, mais c'est pas des rosiers. Je lui ai demandé s'il était sûr. J'en suis sûr, il m'a répondu. Alors moi j'ai pensé : Primo a grandi et c'est le principal quand on y réfléchit. Tant pis pour les plantations.

Il baissa les yeux et tira sur sa cigarette. Je restai là au milieu de l'allée, écrasé par la colère. Soudain je criai :

– Pourquoi tu m'as pas dit avant que tu le savais ?

Il sursauta mais garda les yeux baissés.

– C'est un beau gamin, non ? Oh, Angus ça me fait du bien que tu sois d'accord. Parce que, Angus, tu comprends, Primo, c'est mon garçon.

– Arrête ! m'écriai-je.

Il tira sur sa cigarette, releva la tête et me fixa d'un air désespéré.

– C'est comme ça qu'on s'est parlé, me dit-il doucement.

Moi, tonitruant :

– Peut-être, mais vous avez aussi parlé des plantations, et quand tu es rentré, tu savais que c'étaient pas des rosiers ?

Il me fit oui avec la tête. Tout à coup je me souvins du billet que j'avais dans la poche.

– Alors pourquoi tu m'as parlé de ces choses que je voulais m'acheter chez Spinelli ? m'écriai-je.

– Je sais pas, me dit-il, regardant ailleurs.

– Moi non plus je sais pas, dis-je avec douleur.

Il écrasa sa cigarette sous sa chaussure. Et soudain il se leva et me prit dans ses bras. Il me dit deux fois que j'étais son gamin. Puis ne dit plus rien. Il sentait le tabac et la bière. Ensuite il me lâcha, et dit en retournant s'asseoir sur son banc :

– T'en fais pas pour l'argent. T'en fais jamais pour ça, Primo.

Je ne sus pas quoi répondre. Je retournai moi aussi vers mon banc et, tandis qu'il se rallumait une cigarette, je m'assis, ramassai la boîte et la posai à côté de moi. J'étais plein de tristesse, mais tellement soulagé que ce soit mon père qui ait vidé la boîte à café, et pas moi et mon silence.

Nous étions tous les deux assis correctement, à présent, faisions face à l'autel, chacun sur notre banc, de chaque côté de l'allée centrale, et si quelqu'un était rentré à ce moment-là, il n'aurait rien trouvé à redire. Vus de dos, et à part le fait que mon père fumait une cigarette, on devait donner l'impression de prier.

– Tu t'es souvenu de combien de truites tu avais attrapées à la main, n'est-ce pas ? demandai-je soudain.

– Qu'est-ce que tu dis, quand ça ?

– Tout à l'heure, au bar, quand tu discutais avec les deux hommes, tu t'en es souvenu, je crois.

– Tu as entendu ce qu'on disait.

– Non, mais j'ai l'impression que c'était ça.

– Tout juste, Primo.

Il écrasa sa cigarette sous sa chaussure, et dit avec de l'admiration :

– Tu as de l'intuition.

– Merci.

J'attendis un peu. Et je demandai :

– Alors ?

– Alors quoi, gamin ?

– Pourquoi vous avez parlé des truites et qu'est-ce que tu leur as dit sur les tiennes ?

Il prit une longue inspiration.

– C'est l'un des deux types qui a commencé avec ça. Il a dit que ça le démangeait de ne pas pouvoir pêcher ici. L'autre type et moi on a dit qu'il avait raison et qu'on donnerait cher pour qu'il y ait une rivière dans la région.

– Moi aussi, dis-je, c'est pour ça que j'ai imaginé que je m'en achetais une. Tu comprends ?

– Je comprends.

– Continue !

– Bon, ils ont commencé à parler de matériel, tu vois, alors je leur ai dit : arrêtez avec ça, les gars, on parle pas de matériel, on parle des poissons, ce soir. Ils n'ont pas eu l'air de comprendre, alors j'ai posé ma main sur le comptoir. Tu as vu quand j'ai posé ma main sur le comptoir ?

– Non, dis-je, je l'ai pas vu. J'ai souvent regardé les photographies pendant que tu discutais avec eux.

– Ça ne fait rien. J'ai donc posé ma main et je leur ai

demandé si elle ressemblait à une canne à moulinet, et ils ont dit non bien sûr. Et ils m'ont demandé pourquoi je leur disais ça. J'ai recommandé des bières et je leur ai dit qu'ils allaient voir.

Je l'interrompis, je lui demandai gentiment :

– Ne me dis pas tous les détails, s'il te plaît.

– D'accord. Où j'en étais alors ?

– Ta main sur le comptoir.

– Oui, ma main. Elle était sur le comptoir, tu vois, et eux ils la regardaient sans comprendre, et j'ai dit : à quoi bon une canne à moulinet quand on a une main telle que la mienne. Ils ont dit qu'ils ne voyaient pas ce qu'elle avait de particulier. Alors je leur ai dit que c'était la main qui avait tellement attrapé de truites bleues que même à mon gosse j'avais du mal à dire combien, alors qu'il mourait d'envie de le savoir.

Il changea de ton pour me demander :

– C'est pas vrai que tu en meurs d'envie ?

– Si, c'est vrai.

Il poursuivit :

– Je leur ai dit : mais ce soir, c'est drôle, je m'en souviens. Alors ils ont dit : vas-y, dis-nous combien.

Je leur ai dit : je crains que vous ne me croyiez pas. Vas-y quand même, ils m'ont dit.

Il s'arrêta là. Je me tournai vers lui. Il regardait vers l'autel. Il se passa les mains dans les cheveux. J'attendis la suite. Mais soudain il dit tristement :

– J'arrête, Primo, parce que c'est pas de ça qu'on a discuté au bar. Je suis désolé.

Je l'étais aussi, et je lui fis remarquer avec amertume :

– Alors me dis pas que j'ai de l'intuition.

– Mais je crois quand même que tu en as. Pas ce soir, peut-être, mais tu en as en général.

Il avait l'air sincère et je ressentis moins d'amertume. Je demandai :

– Mais si c'était de ça que vous aviez discuté, peut-être que tu t'en serais souvenu ?

Il baissa la tête, la releva, et soudain il sembla s'intéresser aux voûtes. Puis son regard obliqua et se posa sur moi. J'attendis patiemment sa réponse. Son regard me quitta. Il chercha son paquet de cigarettes dans sa veste, s'en alluma une et, après avoir craché la fumée vers les voûtes, il dit avec un grand sérieux :

– J'ai essayé de m'en souvenir, Primo. Depuis

qu'on en a parlé, je me suis creusé la tête parce que j'aimerais pouvoir te le dire. Mais je suis certain maintenant que c'est une chose dont je ne me souviendrai jamais.

Je serrai les jambes contre la boîte à café et demeurai silencieux.

– Ça ne fait rien, dis-je au bout d'un instant, mentant en pleine église, face à l'autel.

– C'est vrai ?

– Oui, c'est vrai.

– Ce que j'aurais dû faire, tu vois, si j'avais pu savoir que plus tard j'aurais un gamin comme toi, aussi malin je veux dire, ça aurait été de m'acheter un carnet et de noter dessus les dates et, en dessous, tous les poissons que j'attrapais. Jour après jour.

– Ça aurait été une bonne idée, approuvai-je.

– Une idée magnifique, tu veux dire.

– Mais tu pouvais pas savoir que tu m'aurais et que j'aimerais tellement le savoir.

– Non, je pouvais pas.

Et tandis que nous parlions ainsi, il me semblait – et les jours et les mois qui suivraient me donneraient raison –, il me semblait donc que c'était la dernière fois que nous parlions du nombre de poissons qu'il avait attrapés. Qu'à partir du moment où nous sortirions de l'église, tout à l'heure, il n'en serait plus jamais question. De sorte que c'était le moment ou jamais de parler de ce carnet, de m'en faire une idée précise cette nuit, afin de m'en souvenir dans mon tunnel. Et ainsi de pouvoir le dérouler à volonté. En ouvrir les pages et lire sous des dates imaginaires le nombre imaginaire des truites bien réelles que mon père avait attrapées quand il avait mon âge.

J'avançai cette idée :

– Tu aurais plutôt choisi un petit carnet pour pouvoir le mettre dans la poche et l'emmener partout.

– Oui, sûrement, c'est plus pratique. Et sans doute aussi un crayon de papier très fin qui se rentre dans le carnet, entre les pages et la couverture.

– Je connais, l'approuvai-je. C'est pratique aussi.

– Très.

– Alors tu attrapes les truites, précisai-je, tu les alignes sur une pierre par exemple, tu les comptes, et ensuite tu sors ton carnet, ton crayon du carnet, et tu écris la date et le nombre de truites en dessous de la date.

– Oui, je pense que c'est exactement comme ça que j'aurais fait.

– Une page pour chaque journée.

– Voilà.

– Tu refermes ton carnet, tu ranges ton crayon dedans et tu le mets dans ta poche.

Il réfléchit un instant et dit :

– Je ramasse mes truites et je rentre.

Voilà c'était fini, on ne trouva plus rien à dire sur le nombre de truites et le carnet. On resta silencieux. On entendit, malgré la double porte de l'église, un camion passer dans la rue.

– Tu es fatigué ? me demanda-t-il quand on n'entendit plus le camion.

– Un peu, mais ça va.

– On va rentrer.

– Si tu veux. Mais je suis pas pressé.

Un silence.

– Tu sais quoi, Primo ?

– Non.

– Je vais acheter des graines, je crois. Au lieu de les récolter nous-mêmes, je crois que ça vaut mieux d'en acheter. La terre qu'on a est bonne, et on a toujours bien arrosé, alors le problème est venu des graines, à mon avis.

– Tu vas acheter des graines de rosiers ? demandai-je.

– Ou d'autres plantes, on verra.

– De tomates ? proposai-je.

– Non, faut beaucoup trop de place pour les tomates, et ça se plante en pleine terre, pas en pot.

– Des graines de fleurs, alors.

– Oui, pourquoi pas.

Il se leva, remonta l'allée centrale jusqu'à l'autel, et revint. Il s'arrêta devant mon banc. Son regard indiqua la boîte à café, et il dit :

– Compte voir ce qui reste !

J'ouvris la boîte, sortis les billets et demandai :

– Les pièces aussi ?

– Non, compte juste les billets !

Il en restait quatre. Je les dépliai, les additionnai et lui donnai le résultat. Il fit oui de la tête, l'air songeur. Il resta debout en face de moi, joignit ses mains en faisant un creux avec ses paumes, et souffla dedans. Cela produisit un bruit bizarre. Une sorte de vent rauque. Je remis les billets dans la boîte et la refermai.

Il retira ses mains de la bouche, et me dit :

– Compte quand même les pièces !

Je rouvris la boîte, sortis les billets que je posai sur le banc, puis les pièces que j'additionnai en silence. Quand je lui donnai le résultat, il sourit légèrement. Je remis l'argent dans la boîte et la refermai.

Il était toujours debout devant moi. Soudain je me souvins de l'argent qu'il m'avait donné d'avance sur mes deux rosiers. Je me soulevai un peu du banc, sortis le billet de ma poche et le dépliai. Mon père me regarda avec étonnement.

– D'où tu sors ça ? me demanda-t-il.

– De ma poche.

– Oui, j'ai bien vu, mais qui te l'a donné ?

– C'est toi qui me l'as donné en avance sur mes deux rosiers.

Il n'avait pas l'air de s'en souvenir. J'ouvris la boîte, et mon père, devinant que j'allais y mettre le billet, dit avec une sorte de crainte dans la voix :

– Fais pas ça, Primo, remets-le dans ta poche.

Ma main resta suspendue au-dessus de la boîte.

– Remets-le dans ta poche !

Je l'écoutai. Je refermai la boîte et remit le billet

dans ma poche, ce qui lui arracha un sourire plein de gratitude. Il dit doucement :

– C'est bien, Primo, c'est bien.

Et ensuite, d'un air étrange et avec un nouveau sourire :

– Allons-y !

Je me levai, pris la boîte à café, et on se dirigea vers la porte. Mais au lieu de sortir directement, mon père prit la contre-allée à gauche. On s'arrêta devant l'autel affecté aux cierges. C'était là qu'on venait quand on souhaitait quelque chose. On choisissait entre deux modèles de cierge. Les moyens ou les grands. Il y avait deux prix. On mettait l'argent dans une urne, on prenait le cierge, le plantait dans une coupe pleine de sable et on l'allumait. Une petite flamme brillait dans l'obscurité, jaune et solitaire dans la fraîcheur de l'autel, parmi d'autres petites flammes, d'autres souhaits, mais on avait toujours un œil sur la sienne. Et même lorsqu'on avait quitté l'église, on savait qu'elle continuait à briller pendant un temps qui dépendait du prix qu'on y avait mis. Je me dis que nous allions en allumer un et faire un vœu pour nos prochaines plantations.

Mon père prit une poignée de cierges dans le casier des moyens. J'allais lui objecter qu'un cierge suffisait par vœu, mais il me dit :

– Soulève ta chemise !

– Quoi ?

– Soulève ta chemise, Primo !

Je la sortis de mon pantalon.

– Plus haut ! me demanda-t-il avec un mouvement de tête.

Je la soulevai complètement, et lorsqu'il commença à enfiler les cierges dans mon pantalon, je compris ce que nous étions en train de faire.

– On aura pas l'argent pour les payer, marmonnai-je, les yeux grands ouverts.

– Qui parle de les payer ?

Il commença à tourner autour de moi, enfilant les cierges autour de ma taille. Je comprenais maintenant pourquoi nous étions rentrés dans l'église.

– On peut pas faire ça, dis-je dans un souffle.

– Tout ira bien, me dit-il dans mon dos.

Il réapparut sur ma gauche, alla reprendre une poignée de cierges de taille moyenne et finit de les enfiler entre mon ventre et mon pantalon.

– Vas-y ! me dit-il, laisse retomber ta chemise !

Je la lâchai et elle retomba sur les cierges, les masquant complètement. Je sentais chacun d'eux. Ils étaient froids contre ma peau. Soudain je songeai qu'un jour ou l'autre il nous faudrait payer pour cela aussi.

– Marche un peu ! me demanda mon père.

Je fis quelques pas.

– C'est bon, me dit-il, à toi maintenant, et il souleva sa veste et sa chemise.

– Oh non, dis-je, on en a assez.

Il remua des hanches et dit avec un sourire :

– Allez, Primo !

Je baissai les yeux et pris une poignée de cierges moyens, psalmodiant à part moi : pardonnez-nous ! oh pardonnez-nous ! chaque fois que j'enfilais un cierge dans son pantalon.

Moi aussi il me fallut reprendre une autre poignée de cierges pour boucler le tour de sa taille. Enfin il laissa retomber sa chemise et son pantalon, et fit quelques pas devant l'autel.

– Ça va très bien, dit-il, l'air content de lui.

On se dirigea vers la sortie d'un pas raide afin de ne pas briser les cierges. Je retenais ma respiration. Il me tint la porte et on se retrouva dehors sous le porche de l'église, la taille ceinte de plusieurs semaines d'éclairage. Je scrutai la rue. Heureusement elle était aussi vide que lorsque nous étions rentrés. On descendit sur le trottoir et au moment de nous en aller, je dis :

– Attends !

– J'attends, me répondit-il, sans me poser de questions.

Je retournai dans l'église du plus vite que je pus, en faisant attention à mes cierges. J'allai devant l'urne, sortit mon billet de la poche, le pliai et le fit tomber dedans, et Lui promis qu'un jour ou l'autre je reviendrais payer le reste.

Je fermai les yeux et, en silence, je Lui demandai pardon pour les cigarettes que mon père avait écrasées par terre, et que je n'avais pas le temps d'aller ramasser, pardon pour cette soirée au restaurant, et pour mon second dessert, et aussi pour la chanson obscène. Et enfin pardon pour tout ce que j'oubliais, mais je ne crois pas que j'oubliais beaucoup de choses.

Je ressortis de l'église, et on rentra à la maison d'une démarche singulière à cause des cierges, droits et raides comme si nous étions fiers.

RÉALISATION : PAO ÉDITIONS DU SEUIL
IMPRESSION : BRODARD ET TAUPIN À LA FLÈCHE
DÉPÔT LÉGAL : AOÛT 2003. N° 49066-4 (36995)
IMPRIMÉ EN FRANCE

Collection Points

DERNIERS TITRES PARUS

P1525. La Faim de Hoffman, *Leon de Winter*
P1526. Marie-Antoinette, La Naissance d'une reine. Lettres choisies, *Evelyne Lever*
P1527. Les petits Verlaine suivi de Samedi, dimanche et fêtes *Jean-Marc Roberts*
P1528. Les Seigneurs de guerre de Nin, La Saga du roi dragon II *Stephen Lawhead*
P1529. Le Dire des Sylfes, La Malerune II *Michel Robert et Pierre Grimbert*
P1530. Le Dieu de glace, La Saga de Raven III *Robert Holdstock et Angus Wells*
P1531. Un bon cru, *Peter Mayle*
1532. Confessions d'un boulanger, *Peter Mayle et Gérard Auzet*
1533. Un poisson hors de l'eau, *Bernard Comment*
1534. Histoire de la grande maison, *Charif Majdalani*
1535. La Partie belle *suivi de* La Comédie légère *Jean-Marc Roberts*
1536. Le Bonheur obligatoire, *Norman Manea*
1537. Les Larmes de ma mère, *Michel Layaz*
1538. Tant qu'il y aura des élèves, *Hervé Hamon*
1539. Avant le gel, *Henning Mankell*
1540. Code 10, *Donald Harstad*
1541. Les Nouvelles enquêtes du Juge Ti, vol. 1 *Frédéric Lenormand*
1542. Les Nouvelles enquêtes du Juge Ti, vol. 2 *Frédéric Lenormand*
1543. Que faire des crétins ? – Les perles du Grand Larousse *Pierre Enckell et Pierre Larousse*
544. Motamorphes – À chaque mot son histoire *Daniel Brandy*
545. L'habit ne fait pas le moine – Petite histoire des expressions *Gilles Henry*
546. Petit fictionnaire illustré. Les mots qui manquent au dico. *Alain Finkielkraut*
547. Le Pluriel de bric-à-brac et autres difficultés de la langue française, *Irène Nouailhac*
548. Un bouquin n'est pas un livre – Les nuances des synonymes *Rémi Bertrand*